# 星条旗の憂鬱

## 情報分析官・葉山隆

五條　瑛

Gojo Akira

JN179542

文芸社文庫

目次

# 第一話　戻らずの夜

# 1

飯田橋にある『間宮《まみや》ビル』は、屋上にヘリポートがあること以外は、これと言って特徴のない殺風景な外観の古い建物だ。この辺りもバブルが弾けて以降はすっかり様子が変わり、かつてこのビルが在日米軍関係の民間企業専用であったことを知る者は近所に一人もいなくなった。こんな汚いビルでも実質的なオーナーが在日米軍なればこそ、度重なる地上げの嵐の影響をまったく受けることなく今日まで何事もなく生き残ってきたと言える。その七階にある誰も知らないような小さな出版社『極東ジャーナル』に珍しい客が訪ねて来たのは、湿気を帯びた空気が鬱陶しく感じられるようになった五月の終わりだった。

「神奈川県警外事課の上原警部補……ですか」

この出版社の社員である葉山隆《はやまたかし》は、差し出された名刺と相手の顔を交互に見ながら小さな声で呟いた。上原は頑丈そうな身体つきで短髪の、おそらく四十半ばくらいの男だ。耳が分厚く膨れて変形しているところを見ると柔道やレスリングの経験者に違いない。知る人しか知らないこの出版社には、現在、実体のある社員は二人しかいない。実質責任者の野口浅子というじきに六十になろうかという女性と三十過ぎた葉山だけ、そして上原はすべてにおいて経験豊富で賢明な野口ではなく、社員兼雑用係兼事務所管理人のような葉山を名指ししてきた。これだけでも充分に気持ちが下を向きそうな気配だ。

「どういったご用件でしょうか？」

葉山は恐る恐る訊ねた。警察のような縄張りがしっかりとした組織の人間が、神奈川から都内の千代田区にある会社までわざわざ訪ねて来るなんて、どう考えても厭な予感しかしない。そして葉山の厭な予感は、必ず当たると言って良かった。

「実は米国大使館筋の方からあなたをご紹介されまして」

上原はにこやかな、だが抜け目なさそうな笑顔でさらりと言った。

やっぱり当たった。葉山は心の中で呟く。それだけ聞けば充分だ。〝米国大使館筋の方〟などという回りくどい言い方をされる人間は、葉山の狭い交友関係にはたった一人しかいない。野口と並ぶ葉山のもう一人の上司、絵に描いたような金髪碧眼、傲慢で身勝手で鼻持ちならない米国第一主義者で、米国大使館と在日米軍横田基地の両方にオフィスを持つ米国軍情報機関、通称〈会社〉の東アジア担当責任者である〝エディ〟だ。

「もしかして金髪の？」

「あれブルネットって言うんですか、そんな色の髪でしたけど彼女、ホントは金髪なんですか」

「彼女って、まさか女性……？」

　思わず葉山は問い返した。上原がどんなに目が悪くても、男を〝彼女〟と呼ぶはずはない。

「エリーゼ・リチャーズさんはどう見ても女性でしょうが。――もしかしてご存知ないんですか？」

　上原からいかにも警察官といった感じのあからさまな疑惑の視線を向けられ、なぜか葉山はバツが悪くなった。だがよく考えれば、自分が気まずい思いをする必要はまったくないはずだ。

「上原さんでしたね。失礼ながら、僕はあなたのおっしゃっていることがまったく理解出来ません。まるでケーキを食べてる最中に、なぜ隣の犬を捜さないんだと言いがかりを付けられているみたいで」

　それを聞いたとたん、上原は小さくぷっと噴き出した。

「自分はだいたい分かってきましたよ。葉山さんはミス・リチャーズが言ってた通りの人のようだ」

「差し支えなければお聞かせ下さい。その人は僕のことを何と？」

「愛らしい皮肉屋」

上原はそう言って含みのある笑い方をした。

「僕と会ったこともないのにですか？」

「彼女と親しい男性がそう言ったと話してましたよ」

その一言でやっとすべての合点がいった。要するにその女は、エディの星の数ほどいるガールフレンドや愛人や割り切った関係の一人に違いない。誰が何と言おうと、こういう人を馬鹿にしたやり方をするのはエディしかいないという自信があったが、それを上原に怒っても仕方ないし、どちらにしろこのおふざけに付き合うしかないのだから、葉山はあっさり白旗を掲《あ》げて諦めることにした。

「そうですか。何となく分かってきましたよ」

「もうですか？　これも聞いていた通りだな」

何を聞いたかなんて質問する気も失せていた。葉山は応接テーブルの上に手帳を広げてシャツのポケットからペンを出した
「慣れてますから。それではまずミス・リチャーズの身分から教えて下さい。彼女は大使館員ですか？」

「現在は違いますが、以前は米国大使館で書記官の秘書をやっていたそうです」

「仕事を辞めたことと、その〝親しい男性〟との関係は？」

「さあ、そんなプライベートなことまでは分かりませんよ」

「それでその女性は僕に何をさせたいんでしょうか」

「単刀直入に言うと、十四歳の息子を見つけ出して連れ戻して欲しい。そういうことです」

上原は落ち着いた声で言い、葉山はその言葉の意味を素早く頭の中で分析した。この男は警官だ。ただ息子を捜すだけなら葉山の元に来る必要などない。それがわざわざ米軍情報機関の下請けを担当している民間人の情報分析官（アナリスト）に捜させようとするのは、表向きは警察は動いていないことにしたいのだ。母親は書記官の元秘書で、さっき彼は「ミス」と言ったからシングル・マザー。となれば、どうしたって気になるのは十四歳の少年の父親だ。

「その子の父親が大使館、あるいは米軍の関係者ってわけですか？」

葉山はズバリと切り込んだが、上原はまったく動じなかった。

「ご想像にお任せしますが、まっ、多分そんなところでしょう。要するに警察に頼んで安心したいけど、体面を考えると堂々と頼めないいんじゃないですか。事情については自分もはっきりとは聞かされていませんし、上の連中は全て話す必要はないと思っているんでしょう」

上原は嘘は吐いていない。彼もまた上司の命令で伝書鳩をやっているだけだと葉山は確信した。おそらくその子の父親は、外事課の警部補を使いっ走りに出来るくらいの地位にある男に違いなかった。とりあえず仕事の大雑把な輪郭は見えてきたが、まだ疑問はいくつも残っていた。その程度のことならこの上原にしばらく休暇を与え、私服で捜査させれば済むことだ。なぜ自分なんだろうか？　葉山はそれが一番不思議だったが、理由を訊いても上原に答えられないことは分かっているので訊かなかった。

「それじゃ、子供についてもっと具体的にお願いします」

上原は持参した端末を取り出し、それを見ながら説明を始めた。

「カイル・リチャーズ、十四歳。米国籍で赤坂にあるアメリカン・スクールの学生ですが、一年ほど前からほとんど学校には顔を出さなくなったそうです。日本風に言うと不登校ってやつですな」

「学校に行かなくても家には帰っていたんでしょ？」

「ええ。母親の話だと二年ほど前から通っているダンススクールには休むことなく練習に行っていて、プロダンサーになりたいという夢もあったそうですから引きこもりとは違います。家庭では明るくて仲の良い友達も大勢いたと言ってますから、単に学校が性に合わなかっただけでしょう。不登校を除けば、問題はまったくない子だった。

——まあ、大抵の親はそう言いますがね」

「捜す……ということは家出したと言うことですね？」

「たぶんそうでしょう」

煮え切らない口調だったが、これが誘拐や事件に巻き込まれた可能性が少しでもあれば、こんなにのんびりはしていないだろう。母親のエリーゼは二十代の時から日本の米国大使館で秘書をしていたが出産前に本国勤務に戻り、息子が六つの時に再び来日して日本の米国大使館勤務に復帰したが、民間企業にヘッドハンティングされ昨年末に退職している。息子のカイルが家出したのは一ヶ月ほど前で、定期的に電話はしてくるもののいくら訊いても居場所を言わないということだった。要約すれば、エリーゼから相談を受けた〝親しい男性〟は、葉山がカイルの居場所を捜し当て、葉山が悩める少年を説得し、葉山が彼を家まで送り届けてくれるはずだとエリーゼに無責任な約束をしたらしい。上原の話が終わると、葉山はわざと編集部中に響くような大きなため息を吐いた。

「それで警察は僕に何をしてくれるんですか？」

「警察と言うよりも必要があれば自分が個人的にあなたに協力します。運転手でも荷物運びでも。何か協力して欲しいことはありますか？」

「それはこっちで用意します」

「それは助かります。何しろ米軍の息がかかった情報屋なんて付き合いがないですから、どう接していいのか分からない」

上原はまったく悪びれていない。

普通、逆だろうがと心の中で思っても、葉山が何も言えないことを承知しているのだ。それにしてもまだ分からないのが、上原の役回りだった。エディがエリーゼというシングル・マザーに良い格好をしたくて部下を私物の荷車みたいにこき使うのは別段驚くことではないが、そうなるとこの男は必要ないはずだ。どうしてこの件に神奈川県警の外事課が入って来るのか分からないまま、結局葉山は一言も「引き受ける」と言わないまま仕事をすることになった。

## 2

翌日、葉山は在日米軍横須賀基地の海軍犯罪捜査局（ＮＣＩＳ）に勤務する二つ歳下の坂下冬樹《さかしたふゆき》を都内に呼び出し、強引に運転手を任せた。アメリカ軍人を義父に持つ米国籍の坂下は頭の先から爪の先まで星条旗色に染まった職業軍人で、海軍内部の犯罪を調査するＮＣＩＳの捜査官でもあり、同時にエディの情報機関の個人的なスタッフでもある。海軍に身も心も捧げているような愛国者だが、内部捜査という仕事柄軍服を着ることはほとんどなく、普段はその辺のチンピラのような崩れた格好で夜の街を闊歩していた。今日も精悍な日焼けした顔と引き締まった筋肉を際立たせるようなＴシャツとジーンズ、ハイカット・アーミーのブーツにフライトジャケットだ。エディと同じで、彼もまたたくさんの親しい女性の間を気ままに渡り歩ける極東の暮らしを満喫している。葉山は助手席の窓を開け、梅雨の近さを感じさせるねっとりとした空気に触れながら、日に日に緑が濃くなる初夏の風景を眺めていた。

「窓閉めろ。それからエディを通さないで仕事を頼む気なら日当を払えよ」

「分かった。僕の財布に入ってるドル紙幣は全部お前にやるよ」

「お前の財布にドルが入ってることなんてあるのか？」

坂下は疑っているようだが、葉山は無視して本題に入った。

「エディのガールフレンドでエリーゼ・リチャーズって女を知ってるか？」

「どんな女だ？」

「横浜在住。四十代のシングル・マザーでブルネット。すこぶる美人だ。——たぶん《maybe》」

「あいつの周りにはブルネットの美人なんて掃いて捨てるほどいるんだ。それだけで分かるかよ」

坂下は憮然として言うとエアコンのスイッチを入れた。日本の梅雨特有の湿度の高さが不快なのだろうが、葉山はわざと気付かないふりをして窓を閉めなかった。じめじめするのは嫌いだが、それでも日本固有の季節がまた今年もやって来るのだと思うとほっとするし、その後にやって来る夏への期待も高まろうと言うものだ。

「昨年まで米国大使館で秘書をしていた」

　そう言って坂下を見る。坂下はしばらく前を向いて黙って運転していたが、やがて自信なさそうに口を開いた。

「思い当たるのは一人。前に一度横田で会ったことがある。書記官からの書類を持ってエディのオフィスに来ていたんだが、確か去年の十二月に辞めたと聞いた。だが、とてもすこぶる美人とは言い難いな」

「そうなの？」

「ブルネットで上品で頭も感じも良さそうな女だったが、顔もスタイルも年相応だ」

「それはおかしい」

　葉山はきっぱりと言い切った。「あのエディがそんな普通の女の力になるわけがない。あいつは品とか知性とか人間性とかで女を見ない。見栄えと身体が良い女だけに、当たり前みたいに見返りを期待して力を貸すだけなんだ。しかも自分の力じゃなくて部下の力を貸すような、強欲で計算高くて狡い、そういう奴だ」

「相変わらず上司への不満が多いな。軍なら即降格処分だ」

「僕は軍人じゃないし、いまだって組織の底辺だ。これ以上降格しようがないね」

「職場への不満はいいから窓を閉めろ。車内の空気がべたべたして気持ち悪い」

　赤信号で停車したとたん、坂下は身を乗り出して葉山を乗り越えるようにして助手席の窓を閉め、エアコンを強くした。

「日本勤務何年目だよ。いい加減にこの気候に慣れろ。転属希望も出さずに日本に残ってるくせに諦めが悪いな」

「出したところで、エディが日本に居続ける限りは握り潰されるだけだ」

実際そうなのだろうし、坂下の口ぶりから特に不満は感じられなかった。エディは米軍情報組織の中では貴重な東アジアのスペシャリストであり、葉山の個人的評価とは裏腹におそらく本部からの評価は高いはずだ。数年ごとに異動する他の運用部隊と違い、情報機関は一箇所に根を下ろして長く活動しなければ有効な成果は得られず、当然メンバーも固定されていく。エディが「外見は東洋人で中身はアメリカ人」という、東アジアで実に使い勝手のいい坂下を自分の許に置いておこうとしているのも充分に納得出来た。そしてその坂下とは真逆で「外見は白人、中身は日本人」の葉山をこれ以上ないくらいぞんざいに扱うのもだ。

「そろそろ渋谷だ。どうする？」

「スクールの前で僕を降ろして、終わるまで近くで待っていてくれ。在日米軍の業務車両が駐車違反切符なんか切られたら目も当てられないから車にいろよ。子供ばかりの場所だから、僕一人の方がいいだろう」

「若い女はいないのか？」

「十五歳以上は別のレッスン場だそうだ」

「くそっ《fuck》、まったく面白くないな。さっさと済ませろ」

すっかりやる気が失せたらしい坂下は、五分ほど走ったところで歩道に車を付けて伊達眼鏡をかけてカメラと星条旗新聞社のロゴ入りバッグを持った葉山を降ろした。

『アクアス・キッズ・ダンススクール』は都内だけで四箇所もレッスン場がある人気スクールで、数多くの芸能人やダンサーを排出しているので有名だ。不登校のカイルだが、このスクールの渋谷校では練習熱心な優等生だったようで、日本人、外国人の両方に仲の良い友人が大勢いたと言う。普段の会話は日本語と英語のごちゃ混ぜだが日常生活に支障をきたすことはなかったそうだから、聞くのも話すのもかなり出来たに違いない。この一年はほとんど顔を出さなかったという学校よりも、ここで知り合った誰かを頼って家出したと考えた方が自然だと思った葉山は、まずスクールから調べることにした。

母親の話だと週三回、カイルは十歳から十五歳までのプロダンサーを目指す子が通う渋谷校のレッスン場に通っていた。上原のタブレットからコピーした写真を見ると、ブルネットで顔中にそばかすのある普通の少年だ。ダンスの腕前はかなりのものだったらしいが、なぜ学校に通わなくなったのかは分からない。家を出たときは小遣い程度の所持金しかなく、これまで電話で二度ほど母親に金の振り込みを無心してきたが母親は振り込まなかった。というのも、それがどこの誰かも分からぬ人間の口座だったからだ。カイル自身は日本に口座を持っていない。とりあえず大方の状況は家出を示唆しているし、おそらくそれに間違いないだろう。だがそうだとしても、腑に落ちない点がいくつもあった。

葉山はスクールの受け付けで星条旗新聞の記者証を見せ、人気キッズ・ダンサーの取材に来たと告げた。こうしたスクールはどこも未成年を預かっている手前もあって部外者との接触には厳しい。特にここは芸能界への登竜門としても有名なので、事前に手を回しておかねば子供目当ての変質者と間違えられてしまう。幸い星条旗新聞は以前、ここに通う在日米軍兵士の子供たちを取り上げて記事にしたことがあり、話はすんなりと通った。

葉山は記者を装ってカイルのコースのレッスン風景を適当に写真に撮り、インストラクターだという〝マーク〟というプロダンサーの青年から一通り説明を聞いた。黒人米兵とのハーフだというその青年は、葉山に自分と同じ匂いを嗅ぎ取ったのかとても気さくに親切に対応してくれた。表向きの取材を終えた後、葉山はマークに向かって微笑みかけた。

「もう少しだけいいかな。ちょっと個人的なことなんだけど、絶対に口外はしないし君に迷惑もかけないから」

そう言いながら葉山はマークをレッスン場の外に誘い、マークもそれに従った。

「どんなことですか？　協力したいけど、話せないことは無理ですよ」

スクールのロゴが入ったタオルで額の汗を拭きながらマークは人懐っこそうな笑顔で言った。

「このクラスの生徒のカイル・リチャーズ君のことなんだけど」

葉山は伊達眼鏡を少し指で押し上げ、マークの耳許で小さな声で訊いた。「彼が家出していることは知ってる？」

マークは一瞬「えっ？」という顔で葉山を見た。

「おそらく友達の家にいるんじゃないかと思うんだけどね。実は彼のママからその友達のことを訊き出して貰えないかと頼まれているんだ」

「そうだったのか。道理でここンとこ姿を見ないと思ったんだ。熱心な子で、いままで休んだことなんてなかったのに」

「学校はずっと不登校だったって言うし、あの年頃は難しいですよね」

「ええっ不登校だったの？　まったく知りませんでしたよ。だってここではとっても明るくて、そんなふうに見えなかったけどなぁ。ダンスも飛び抜けて上手だし」

「彼はリーダーって感じだったの？」

「いえ、ダンスはリーダーだったけど、根が大人しい子だからいつも好んで二番手にいるような感じでした。詳しく説明すると長くなっちゃうんだけど、こんな子供のクラスでも序列とかキャリアみたいなのがあるんですよ。十やそこらでもうプロでやってる子もいるしプライドというか……そういうのもあって」

マークは声を落とし、何となく葉山も言わんとしている意味は汲み取れた。子供のスクールといってもここはプロ志望の集まりと言われているし、幼くとも人間関係がいろいろ大変そうなのは察しがつく。

「ここではトラブルはなかったんですか？」

「どの子もトラブルが起きるほど深くは付き合わないんじゃないかな。ある意味、みんなライバルだから。だからこそ不登校の子とか、逆に居心地がいいのかもしれないね。ダンス以外のことはみんなまったく無関心で余計な干渉はしないんだ。僕も昔はそうでしたよ。プロになりたい、ダンスで食っていきたいって、頭の中はそのことでいっぱい」

「なるほど。子供なりの処世術ってのがあるんですね。カイルが一緒にいそうな子、思い当たりませんか？」

「仲良くしていたのはハヤト、ヒューイ、ナオトかな」

「その中でカイルが転がり込めそうなところはどこですかね。彼、もう一ヶ月家に戻っていないんですが、まさか路上で暮らしているとは思えません。母親には時々連絡を入れているそうですが、その感じだと寝食に困っているようにも思えませんから、誰かの家に居候してるんじゃないかと」

「それならきっとハヤトだよ」

マークはすぐさまそう言った。「あの子は金持ちの坊ちゃんで、母親名義のマンションで一人暮らしをしてるって話だから」

「十四、五で一人暮らし？」

「そう。なーんか家庭が複雑みたいでね。でもお金はたっぷりある。子供なのにかなり金遣いが派手で目立つ子で、クラスのボスみたいな感じさ。カイルはいつもハヤトの後ろに目立たないように引っ付いていたよ」

「その子の住所、分かりますかね？」

葉山は遠慮がちに訊いた。

「生徒の個人情報は絶対に外部に漏らしちゃいけないんだけど、そういう事情なら仕方ないか。でも絶対に俺から聞いたって言わないでよ」

「もちろんです。こっちは母親を安心させたいだけですから」

「分かった。ちょっと待ってて」

マークはそう言うとスタッフルームに向かって走って行ったが、しばらくして戻って来ると葉山の手にメモを握らせた。

「ありがとう。ところで、〝カヤママヤ〟って子もこのレッスン場に通っているんですか？」

「カヤママヤ？　いや、そんな子は渋谷校にはいないよ。その子がどうかしたの？」

「いや何でもありません。勘違いでした」

葉山は適当に誤魔化し、もう一度マークに礼を言って渋谷校を出た。

パーキングに停まっていた車の窓ガラスを叩くと、煙草を吸いながら週刊誌のセクシー・グラビアを見ていた坂下が顔を上げた。葉山は助手席に乗り込むとすぐに携帯電話を出して、外事新聞の記者という本業の合間に情報機関の下請け業をやっている気のいい黒人の〝ＪＤ〟にメールをした。

「収穫は？」

「あった」

「どんな？」

「カイルの居場所だ。多分金持ちのお坊ちゃんの家に転がり込んでるに違いない。

――これがその住所。これからそこへ行って、もしカイルがいれば一件落着だ」

「そう願いたいな。さっさと終わらせて飯に行こう」

坂下は葉山から渡されたメモに目を通し、ＧＰＳで場所を確かめていた。メモの住所は代々木なので、ここからはすぐだ。

「表向きは……だけどね」

葉山はそう言って坂下の口から煙草を取り、一服して落ち着いてから揉み消した。狭い車内の空気はすっかり煙草臭くなっていて、息苦しいほどだ。近頃は軍内も都内の至る所も禁煙化が進み、ここでしか思う存分吸えないとでも言うように坂下の運転する車は移動喫煙所と化していた。

「裏に何かあるのか？」

坂下は週刊誌を後部座席に放り投げると、車のエンジンをかけた。

「あのエディがタイプでもない女のために動いているんだ。裏に何もないわけがない」

葉山は自信たっぷりに言った。

「あったとしてもお前には関係ないだろう。それとも自分だけ蚊帳の外なのが気にいらないか？」

「エディと同じ蚊帳に入る気はないね。だけどあいつの蚊帳に穴くらいは開けてやりたいんだ。だいたい、たかが家出少年を連れ戻す程度のことに県警の外事課まで引っ張り出すなんて、どう考えてもおかしいじゃないか。――そっちは本当にこの件について何も聞いてないのか？」

「ぜんぜん。お前に呼び出されるまで、エディがそんなことに首を突っ込んでるなんてまったく知らなかったし、俺はお前ほど上司に興味はない」

そう言いつつも、憮然とした表情で坂下は前を見ている。内心では、神奈川県警の外事課が一枚嚙んでいるのに身内である横須賀のNCISにお声がかからなかったことが面白くないに違いない。

「エディはいつも一番大事な事は隠しているんだ。そういう陰険な奴なんだ」

「大事なことって何だよ」

「カヤママヤ」

葉山は即答した。

「誰だ?」

「分からない。だけど、口座番号まで知ってる仲なんだからカイルとは親しいはずだ。ところが県警の上原はその部分はいっさい僕に話さなかった。警察官がこんな重要なことを言い忘れるはずがない。わざと言わなかったんだ。僕は上原が帰った後、念のためにエリーゼに電話を入れて話の内容を確認したんだけど、そのとき初めて彼女の口から『カヤママヤ』という名前を聞いた。普通なら、まずそのカヤママヤを捜してくれと頼むだろう? その口座に金を振り込んでくれと言われたんだから、カイルと一緒にいる可能性が高いじゃないか」

「確かに。たぶんそれはガールフレンドの名前で、二人が一緒にいるのではと疑うのが普通だな」

「それなのに上原は何も言わず、ダンス・スクールにはそんな名前の子はいなかった」

そんな話をしているうちに車はすぐに代々木に到着した。住所にあったマンションは、とても中学生が一人で住むような物件ではなかったが、ここにカイルと仲の良いハヤトという少年が住んでいるのは間違いなかった。

葉山はまずマンションの管理会社に連絡を入れ、マンション内に現在、中学生の未成年が一人で暮らしている部屋があり、そこに行方不明の少年が隠れている可能性がある。もし管理会社の方で確認してくれないなら、警察が正式に令状を取って動くしかなくなるが、どうしようか。嘘だと思うなら神奈川県警の上原警部補に直接訊いてくれと言って、いったん電話を切った。車の中で待っていると三十分ほどして管理会社から電話があり、事情は上原警部補に聞いた。すぐに社員をそっちにやるので、何かあったときのために入室に立ち会ってくれということだった。しばらくして管理会社の課長と名乗る男がやって来て、葉山と一緒にハヤトが住んでいる母親名義の七〇四号室に向かった。

結局、その夜のうちに葉山はカイルを母親の元に送り届け、無事に仕事を終えることが出来た。予想通り、この一ヶ月カイルはハヤトの部屋に居候しており、本人の話では「ゲームをしたりテレビを見たりして過ごしていた」と言う。歳に似合わぬ小遣いを持たされているらしいハヤトにとっては特に負担にもならず、毎日ピザを取ったり弁当を買って来たり外食していたというのだから呆れるばかりだ。

坂下が運転する車の後部座席で小さな声でそんな話をし、それが終わると気まずそうに俯いていたカイルは、写真よりもずっと子供っぽくて表情も暗く、母親のエリーゼが言っていた「ダンスが好きな明るい息子」とはほど遠い感じだった。カイルは明らかに元気がなかったが、葉山にはそれが家に連れ戻されることへの失望とは違うものに見えた。もっと何か深刻な悩みを抱えている、そんな感じがした。

横浜にある自宅に着くと、マンションのエントランスで息子の帰りをいまかいまかと待っていたエリーゼが飛び出して来てカイルを抱きしめた。このとき初めて葉山は彼女を見たが、坂下が言った通りの中年女性で、すこぶる美人ではないが、どこから見ても息子を心から愛している優しそうな母親だった。葉山に何度も礼を言い、カイルに何度もキスをした。しかし、そんな愛情溢れる母親の腕に中にあってもカイルはまるで魂の抜けた人形のように呆然としているだけで、心はどこか遠い場所に置いて来てしまっているようだった。

# 3

三日ほど経った土曜日の昼、葉山は夜勤明けの坂下を無理矢理引っ張って多摩駅近くのお洒落と評判のオープン・カフェに向かった。しばらくして十六歳と十八歳の日本人の少女が二人やって来て、葉山たちの前に座った。二人とも座ったとたんに興味津々といった目つきで坂下を見ているので、やはり連れて来て正解だったと葉山は思った。

「わざわざ来てもらってすまないね。ＪＤから聞いていると思うけど、僕は星条旗新聞社の記者で葉山、こっちは坂下」

「初めましてぇー。あたしが小山優子でこっちが妹の典子です」

姉の優子はもうしっかりと化粧をして、少し早いのではと思うような肌が剝き出しの夏服、妹の典子は人形が着ているような大きく膨らんだスカートとリボン、葉山たちに会うためかは分からないが精一杯お洒落をして来ましたという雰囲気だ。この二人は、多摩にあるカトリック系女子校の生徒で、昨年まで香山麻耶と同じ寮で生活していた。この女子校とカイルの通っていたアメリカン・スクールとは姉妹校で、どちらもさほど生徒数が多くないことから夏のキャンプやハロウイン・イベントなど毎年合同で行っているということだった。

葉山に依頼されたＪＤは、まずアメリカン・スクールの全生徒の名簿を手に入れ、そこに〝カヤママヤ〟の名が無いと分かると、次に過去三年間の卒業生と中途退学者、それから交流の深い二つの姉妹校の名簿まで裏に手を回して取り寄せ、そしてようやく姉妹校の一つである女子校の名簿から「香山麻耶」を見つけ出した。年齢は今年十八歳で、一年ほど前に女子校を自主退学していた。

葉山は坂下に目配せして無言の催促した。日当に釣られた坂下は、渋々分かったという顔つきで「寮で一緒だった、香山麻耶さんのこと憶えてるか？」と訊いた。

「うん、もちろん。だって三人で同室だったんだもの」

優子が坂下を見つめて答える。どことなく嬉しそうなので葉山はここは坂下に任せることにした。女性がなぜか自分の連ればかり見つめることにはもうすっかり慣れっこだし、こういう女の子の扱いは坂下の方が慣れている。

「彼女、どうして学校を辞めたんだ？」

「さあ……どうしてかな。何にも言わなかったからわかンないけど」

優子は含みを持たせた言い方でちらりと典子を見る。典子も何か言いたそうな言いたくなさそうな微妙な顔つきで姉を見ている。

「確か学校を辞めたのはスプリング・キャンプの後だったね」

「うん……そう」

「そのキャンプは女子だけで行ったのか？」

「ううん、赤坂にあるアメリカン・スクールの男子と一緒」

「それで？」

いつになく優しい声だ。坂下は捜査のプロだし、この辺の変わり身の早さは心得たものだ。二人は気まずそうに顔を見合わせているが、喋るのが厭というわけではないのは一目瞭然だ。むしろ噂話が大好きな若い女の子たちは、本当は喋りたくてうずうずしているに違いない。

「彼女とその連中との間にトラブルがあったという噂を聞いたんだけど……」

「うーん……トラブルって言うか……ちょっといろいろあったみたい」

口籠もっているがだいたいのところは想像がつく。おそらく春の一夜にありがちな間違いが若い男女の間で起きたのだろう。問題はその間違いが納得づくだったのか、それとも力づくだったのかという点だ。

「言いにくいとは思うけど、香山麻耶さんはアメリカン・スクールの誰かから暴行を受けたのか？」

坂下が誘い水をかけた。

「暴行って言うか、夜テントを抜けだそうって誘われて付いて行ったのは麻耶ちゃんの方なの。うちは女子ばっかりだから、男の子たちと一緒にいたかっただけだと思うの。それで軽い気持ちで付いて行っちゃったんじゃないかな。あの子、ちょっとそういうところがあったから。でもビッチとは違うよ。麻耶ちゃんそういうのに鈍くて、かなり子供っぽいところがあったの。あんまり男の子を意識してないって言うか……」

何となく葉山にも香山麻耶という少女像が見えてきた。この年頃なら目の前にいる二人のように、男性を意識して、好奇心と警戒心を持つのが普通だ。

「男の子たち……ってことは、相手は複数か？」

坂下は少し驚いたように訊いた。

「確か四人だった」

典子が小さな声で言った。

「それでその後はどうしたんだ。彼女は警察に被害届けを出したのか？」

「そんなことまで分からない。でもそのことで学校で麻耶ちゃんの悪い噂が流れるようになって、しばらくして辞めちゃったんだ」

「それが一年ほど前か」

「うん」

「いま彼女はどうしているんだ？」

そう訊くと、二人は顔を見合わせてから優子の方が口を開いた。

「新宿西口にあるハンバーガー・ハウスでバイトしているのを見た子がいる。もう学校には行ってないみたい」

「そうか」

坂下がちらりと視線を向けたので、葉山は目で頷いた。訊きたいことは訊けたので、思春期の女性二人に完全に無視されてもまったく気にならなかった。


二人と別れ、葉山は坂下と一緒に新宿西口のハンバーガー・ハウスに向かった。土曜の午後ということもあり店内は満員だ。赤い短いスカートとベストという制服を着て胸に「ＫＡＹＡＭＡ」と書かれた名札を付けたポニーテールの女の子はすぐに見つけることが出来たが、彼女と話をするには四十分以上待たねばならなかった。待ちくたびれた頃やっと香山麻耶が制服の上にジャンパーを引っかけて二人のテーブルまでやって来た。

「お待たせしました」

麻耶は明るい営業口調で言った。優子が言っていたほどには、喋り方も仕草も子供っぽくはなく、少しぽっちゃりとした笑顔の可愛い子だった。

「忙しいところ呼び出してごめんね。実はちょっと君に訊きたいことがあるんだ」

「記者があたしに?」

麻耶は不思議そうに小首を傾げた。

「カイル・リチャーズのこと」

葉山がそう言うと、一瞬彼女の表情が強ばりそれから急に態度を変えて葉山を睨んだ。

「あたしがお金を強請ったとか言う気なんでしょう!」

「えっ、何のこと?」

葉山がそう問い返すと、麻耶は目を丸くした。

「違うの?」

「ああ。僕は強請なんて、いまのいままで思い浮かびもしなかった。ただ、なぜカイルが君の口座番号を知っていたのか、それが不思議だったんだ」

「なーんだ、そういうことか」

麻耶はほっとしたように息を吐き、それから恥ずかしそうに顔を赤らめて葉山を見た。

「彼からあたしのこと聞いたの?」

「うん、まあ……」

葉山が思わせぶりに言葉を濁すと、麻耶は「そっか」と呟いた。

「ちょっと前に彼が店に来たとき、あたしびっくりしたんだ。だってもうすっかり忘れていたから。なのに突然やって来て、君に謝りたい、どうしたら許してくれるとか言い出すんだもの。こっちだって困るよ。何でもするからあのときのことは忘れて、誰にも言わないで欲しいなんてめそめそ泣きながら言うの。あんまり勝手だから腹が立って、だからつい『許して欲しいなら慰謝料払え』って言っちゃったの。そうしたら彼が分かった、ママに頼んでみるって言うからダメもとで……」

「それで口座番号を教えたのか」

「うん。別にお金なんてどうでも良かったんだ。ただ、もう二度とあたしの前に顔を見せないで欲しかっただけなの」

「その気持ち分かるよ。君はカイルを追っ払いたかった。それで金を払えと言えば、二度と自分の前に現れないと思ったんだね」

「うん」

麻耶は唇を噛んで小さく頷いた。

四人の少年と彼女の間に何が起きたのかを知っているのは当事者だけだ。麻耶が忘れたいと思っているのはそのときに起きたことだけではなく、もしかしたら何一つ警戒せずに無邪気に四人の少年に付いて行った自分自身の愚かさなのかもしれない。優子が語った、子供っぽくて男に関して鈍いと言われた少女は、この一年の間に煙のようにどこかに消えてしまったのだろう。いまの彼女は充分年相応に見えた。

「カイルはなぜいまごろになってそんなことを言い出したんだろうね」

「知らない。興味もないし」

麻耶はつっけんどんに言った。これ以上この話をしたくないというのが充分に伝わってきた。

「厭なことを思い出させて御免ね。だけど最後にもう一つだけ教えて欲しいんだ」

「何？」

「他の三人の名前。君は全員と顔見知りだったんだろ」

麻耶は諦めたのかふっと小さく息を吐くと、ジャンパーのポケットから店の名の入ったボールペンを出し、スタンドから紙ナプキンを一枚出してそこに殴り書きをすると葉山の方に乱暴に押しやった。

「じゃ、あたし仕事に戻る」

彼女はそう言って数歩歩いてから、何かを思い出したように振り返り、坂下に向かって艶やかな笑顔で言った。

「今度は一人で来てね。あたし、水曜と金曜は早上がりなの。憶えておいて」

その夜は新宿で坂下と一緒に食事をし、大久保にある葉山の部屋に二人で戻った。

勝手知ったる他人の部屋と言わんばかりに、坂下は先にシャワーを浴び冷蔵庫からビールや食料を出して煙草を吸いながら映画のDVDを物色している。その間葉山はパソコンでJDから送られて来た資料ファイルを開き、麻耶が紙ナプキンに書き殴った三人の名前を調べ始めた。

三人ともカイルと同じアメリカン・スクールの学生で、アポロ・ジャクソンはすでに卒業していて現在は十九歳。トニー・フォードは在学中で十七歳、ニック・スゥエイジは十五歳だ。悪い仲間の中でカイルは一番年下だった。その上見るからに大人しそうな子だったし、おそらくは無理矢理仲間に引き込まれ、それが原因で不登校になったのかもしれない。だとしても彼がしたことは許されることではないし、麻耶が顔も見たくないと言うのは当然のことだ。

「もう仕事は済んだはずだろう。余計なことまで掘り返すとエディが煩いぞ」

まるで自分の部屋のようにくつろいで戦争映画を見ていた坂下が釘を刺してきた。

「私用で人を使うならちゃんと事情を説明するのが礼儀だ。ところがあいつはいつもまったく事情を説明せず、一番肝心なところを隠すから、調べる必要がないことまで調べてしまうんだ」

坂下がわざとらしく大きなため息を吐いた。

「お前は馬鹿か。上司と張り合ってどうするんだ」

「張り合ってるんじゃない。事実が知りたいという末端の情報屋のサガに従っているだけだ」

葉山はパソコンの前から立ち上がり、キッチンの冷蔵庫から缶ビールを出してプルトップを引いた。一気に喉に流し込むと、冷えたビールと一緒にいままで謎だった物が腹の底にすとんと落ちていくのが分かった。

「それでお前のくだらねぇサガは、エディが隠していたものを見つけたのか？」

「ああ」

葉山は大きく頷き坂下を見た。「そっちももう気が付いてるんだろう？」

「まあな」

見かけに寄らず勘の良い坂下がずっと葉山と一緒にいて気が付かないはずがない。いや、もしかしたら坂下の方がずっと先に気が付いていたのかもしれない。

「日米地位協定か」

葉山はビール缶を額に押しつけ呟いた。「日本の戦後はまだ続いているってことだ」

## 4

週が明けた最初の日、葉山はエディに呼ばれて横田のオフィスに出向いた。外は湿度が高く粘っこい空気が首筋に絡みつくような日だというのに、彼はポール・スミスのシャツを着て薄いグレーのジャケットを軽やかに羽織り、生まれついての金髪を長い指で梳きながら、涼しげな碧い目で厭味たっぷりに微笑んでいる。

——こいつにくらべれば日本の梅雨なんてミスト・シャワーみたいなものだ。

そんな心の中の言葉が聞こえたのか、エディが「今回はご苦労だったな、タカシ」と心にもない言葉をかけた。

「ありがとうございます」

「エリーゼも喜んでいた」

「そうですか。それなら僕に直接礼を言って欲しいものですね」

「伝えておこう」

エディは素知らぬふりで言ったが、葉山は追い打ちをかけるように続けた。

「無理なんじゃないですか？　もう飛行機に乗ってしまっているんでしょう。それとも乗ったのは息子だけ？」

「タカシ、部下が上司に対して質問をするときは、もう少し言葉を選ぶものだ」

エディは笑っていたが、眼光は鋭かった。

「生憎選ぶほどのたくさんの語彙を持っていないんですよ、僕は」

「機嫌が悪いな」

エディはそう言うとポケットから煙草を出した。ダンヒル……これも彼ならではの葉山に対する厭味だ。

「司令部内は全禁煙になったと聞いてますが」

「いまこの部屋には君しかいないんだから問題ない」

「上司のせいで肺まで病む気はありません。いまだってハートを始めいろんなところがボロボロなのに」

葉山がそう言うと、エディは笑いを堪えるようにしてこれ見よがしに煙草に火を点け、最初の一服を深々と吸い込んだ。気のせいだろうか。エディもあまり機嫌が良くないように見えた。もしかしたら彼自身も今回のことは不本意だったのかもしれない。ふと、そんな考えが葉山の頭を過ぎる。だとしたら少し言い過ぎたかもしれないといううわずかな後悔も……。

「――そんなに大物なんですか、あのカイルって子の父親は」

エディは横目でちらりと葉山を見て、それから満足そうに目を細めた。

「相変わらず君は目敏い。そうだな、大物と言えるだろうし、これからもっと大物になる可能性のある男だ。次の大統領選挙に向けて共和党の指名争いに加わる可能性が高いと言われている」

「元軍人なんですか？」

「そうだ。軍にいた期間は短かったが職業軍人であったことに変わりはない」

そこまで聞けば頭の中にある男の名前が浮かんでくるが、葉山は敢えて口にはしなかった。エディが言わないことをわざわざ口に出す必要もあるまい。

「エリーゼとは結婚しなかったんでしょ？」

「カイルが出来たとき彼はすでに既婚者だったからな。エリーゼもそれを承知で付き合っていたというから、カイルのことは納得ずくで産んだんだろう」

「母親は息子のしたことを知っているんですか？」

「まったく知らなかった。君がカイルを連れ戻したその夜、息子から打ち明けられて初めて知ったらしく、酷いショックを受けていまは伏せっているそうだ。君が想像した通り、翌日の飛行機で帰国したのは息子一人だ。息子は見張りをしていただけで、自分は仲間には加わっていないと言い張っているらしいが、どこまで信用出来るか分からないからな」

「やったやらないの問題じゃないでしょう。被害者から見れば全員同罪ですよ」

葉山は厳しい声でぴしゃりと言った。

一年前、四人の少年はスプリング・キャンプで一人の少女に対して許し難い罪を犯した。だがそのときは誰も何も言わず、何より被害者である麻耶自身が「忘れたい」という道を選んだ。学校を辞めて社会に出て、彼女なりに以前よりも大人になる努力をしていたのかもしれない。それがなぜか一年経った頃に突然、カイルが姿を現して「忘れてくれ」と泣いて頼む。そんな真似をするからには何かきっかけがあったはずだ。

　そしてもう一つ見落とせないのは、県警外事課の上原警部補の存在だ。暴行事件の捜査のために外事課が出張って来るわけがない。

「事件が明るみに出たきっかけは何だったんですか？」

　葉山は素直に訊いた。

「発端は、一ヶ月ほど前に県内で二人の外国人少年が婦女暴行で逮捕されたことだ。アポロ・ジャクソンとトニー・フォード。この二人はクラブで知り合った若い女性をトイレで乱暴しようとしていたところを店の従業員に見つかり通報された。それで逮捕されたわけだが、どちらも未成年で未遂だったし、その時点では大きな事件になるはずではなかった。ところがだ……」

「余罪が発覚したってわけですか」

　エディは苦々しげな表情で頷いた。

「七ヵ月ほど前に湘南で起きた婦女暴行事件の現場に残されていた指紋がトニーのものと一致したことで、この二人は暴行の常連ではないかという疑いが出てきた。そこで県警も本腰を入れて余罪の追及を始めた。結果、二人はあちこちでかなりの数の女性を暴行していたことが分かったが、いつも二人というわけではなく、その都度仲間は違っていたらしい。仲間に加わった人間の名前も供述させていくうちにカイル・リチャーズの名前が出てきたってわけだ。その情報は県警の外事課を通じてすぐに我々の耳に入った」

どちらも未成年とはいえ、人一倍悪知恵の働く性根の腐った連中だ。いざ捕まれば少しでも罪を軽くしようとして、片っ端から仲間の名前を白状したに決まっている。当時十三歳だったカイルがどこまで事件に関与していたのかは分からないが、彼らが「仲間だった」と自供してしまえば極めて不利になるのは確かだ。カイル本人が「たった一回見張りをしただけだ」と言い張ったところで、それを覆すような証言が出てきたらお終いだし、何より被害者にとっては彼らの罪の重さに差違はないはずだ。

だがエディたちが恐れているのはそんなことではなく、カイルが日本の警察の調べを受けるようなことになれば、父親のことも知られてしまうという点だ。これは次期大統領選戦まで見据えているような政治家にとっては、何としても避けたい事態だろう。いや本人以上に彼を後押ししている軍部にとっては最もありがたくない事態だ。

「しかし厳密に言えば、あの子は地位協定で守られる立場にはいないでしょう」

エディは葉山に見せつけたいのか、ゆっくりと楽しむように煙を吐き出してから続けた。

「だから話が面倒になったんだ。エリーゼがいまも大使館勤務をしていれば何の問題もなかった。日本の警察は大使館員の家族には手を出せないから、さっさと帰国させてしまえば捜査の手はそこで途切れる。だがいまのエリーゼはただの在日外国人だ。トニーとアポロの余罪が出てくればくるほど、カイルにも捜査の手が伸びることは避けられなくなる。さらに恐ろしいのは被害者が告訴に踏み切ることだ。そんなことになったらもっと厄介なことになる。おそらくカイルは、どこからかトニーとアポロが逮捕されたことを聞いてパニックに陥って、どうしていいか分からず家出をしたんだろう。力づくで連れ帰ろうとすれば逃げ出す可能性もあるし、何をしでかすかも分からない。何かあれば父親の耳に入れないわけにはいかないし、それはそれで困るんだ」

「それで分かりましたよ。あなた方はカイルが家出した理由に気が付いていたが、母親のエリーゼは知らなかった。彼女は最後まで自分の息子はいい子だと信じて疑っていませんでしたからね。おそらくあなたは、あわよくばエリーゼにもカイルの父親にもこのことを知らせずに内々に処理して、父親の弱味を大事に握っておく気だったんじゃないんですか？　例えば彼が大統領になる日まで」

書類上はどうあれ、現実にはカイルはいまの米軍にとって重要なピースだ。これからずっと先にカイルの父親から受けることが出来るかもしれない恩恵を期待し、カイルを無理矢理「日米協定」の枠の中にはめ込んで日本の警察から遠ざけることは、エディを始めとする腹の中が真っ黒な連中にとっては至極当然のことなのだろう。

さらに始末が悪いことに、この件では日本の警察も共犯だ。彼らはカイルが共犯者リストに名を連ねることを避けたくて仕方がない。未成年であるだけでなく、事件とカイルの父親のことが明るみに出たとき、対処を巡って日本の国民感情と米国の間で板挟みになるのは分かりきっている。実はその資格のないカイルが日米協定の枠で守られることを希望しているのは警察も同じなのだ。気が付かないふりをしているうちに出国してくれというのが本音だが、そのために直接警察官を動かすわけにもいかず、結果、米軍の息がかかった民間人で米国籍なのに日本に近いという非常に曖昧な立ち位置の葉山を利用することにしたのだろう。

わずかな救いがあるとしたら、被害者である麻耶自身が結果的にはエディたちと同じことを望んでいるということくらいだが、それだってあの娘の気持ちが変わればそれまでだ。あるときふと味わった屈辱を思い出し、憎しみや復讐の炎を燃やし始めることだってないとは言い切れないし、彼女には奪われた物を取り返そうとする権利があるはずだ。だが、そんな気持ちの全てを踏みにじるのが、犯罪者たちを守り通す「日米地位協定」の存在だ。

「部下をおもちゃにするだけでは飽きたらず、いずれは一国の指導者まで掌で転がそうとでも思っているんじゃないでしょうね」

「まさか。人聞きの悪いことを言うな、タカシ。将来を嘱望されている人間にいらぬ気苦労をさせまいとする古巣の心遣いだとは考えないのか？」

「気遣いがある人が僕の前でダンヒルを吸いますかね」

いい機会だったので、葉山は予てからの疑問を訊いてみた。

「美しい思い出を忘れて欲しくないんだ。情報屋としての君を動かしているのは愛国心でも正義でもなく甘ったるい感傷だ。――実に残念なことだがね」

エディは本当に残念そうに、しかし妙に嬉しそうな顔で煙を吐き出した。


エディのオフィスを出た葉山は横田のゲートをくぐりながら、ふと坂下に日当を払わなければならないことを思い出した。必要経費としてエディに請求したところで無視されるに決まっている。いま自分の財布の中にはドル紙幣が何枚入っているのか思い出すと、ふと苦笑いが漏れた。

たったの四十ドル。それでじめじめとした気候の中を引きずり回されたあいつが納得するだろうか？　しなくても知るものかと葉山は思った。どうせもう何もかも手遅れだ。何一つ戻っては来ないのだから。

# 第二話　ハーフ・ボックス

# 1

軍人は傘をささない。

おそらく世界の先進国と呼ばれる正規軍で、服装規定の中で軍服着用時に傘の使用を認めているところはないはずだ。例えば記念式典や視察でシビリアンや民間人が同行しているときに彼らのために傘を用意することはあっても、決して自分たちのために傘はささない。軍服は戦うための装束であり、戦う人間は何時いかなるときでも両手が自由でなければならないからだ——というのが、子供の頃から何となく気が付けばいつも近くにいた軍人たちから飽きるほど聞かされた、傘に纏わる彼らなりの大袈裟な美学だ。

たかだか傘くらいのことでご大層なことだが、つまらない意地を通すのも軍人の美学の一つだと信じて疑わない奴がここにも一人……。

「いい加減に傘くらい買えよ。赴任したばかりの新米じゃあるまいし、毎年この時季の日本が雨ばかりなのはよく知ってるだろ。これじゃ僕まで濡れる」

日系米国人で在日米軍情報機関の情報分析官《アナリスト》である葉山隆は、自分の傘に入っている横須賀基地海軍犯罪捜査局（ＮＣＩＳ）に勤務する坂下冬樹を見上げ、確か去年も一昨年も言ったはずの台詞を今年も繰り返していた。

　気象庁は昨日、関東地方の梅雨入りを宣言した。今朝もぐずぐずとした空模様で、どのTV局の朝のニュースでも「出かけるときは傘を忘れずに」と全ての国民にお節介を焼いているというのに、日本語で夢を見ることもある坂下の耳には聞こえないらしい。

　彼が常日頃制服を着て勤務しているならそれも仕方ないが、海軍調査軍のように内部調査専門の組織は特別な場合以外は、敢えて制服を着用しない。というのも、内部調査において捜査官の階級の低さは間違いなく捜査の障害になる。それを避けるために、相手に捜査官の階級を悟らせないように私服勤務が基本だ。NCISの中でも特に好きこのんで脱走兵や違法薬物使用者を追い回している坂下は、普段はいたってカジュアルな――と言えば聞こえはいいが、実際はかなりだらしない崩れた――格好をしている。どこからどう見ても職業軍人には見えないのだから傘くらいさせばいいのにと思う。本人のためというよりも、いつも屈強な大男を傘に入れてやることで必ず半身は濡れることになる自分のためにだ。

「別に入れてくれなんて頼んでないだろう。雨に濡れるくらい何だ」

　人の親切を露ほどもありがたいと思っていない坂下らしい言い草だ。

「周りを見てみろ。この雨だから、みんな傘をさして歩いているだろう。僕だけ傘をさして一緒に歩いているお前が平然と濡れて歩いていたら、僕の人間性が疑われる」

「誰もお前の人間性なんかに興味はないから安心しろ。だいたい情報屋の人間性を信じる奴がどこにいる」

「どこにもいない。――たぶん《maybe》」

葉山はあっさり認め、それから自分よりも少しばかり上にある日焼けした横顔を見た。

「そう言えば人間性とは無縁の奴のことだけど、あれ本当？」

坂下は前を見たまま「らしいな」と答えた。

「北海道支局だって？　あからさまだな」

「まあな。けど、あそこはいつも政権が交代する度に前の大統領から側近まで全部逮捕して上から下まで総入れ替えしちまうような国だから、驚くようなこともないだろう。あいつの腐った首がまだ繋がってるだけマシだ」

「だけどあの洪が北海道支局なんて」

葉山は大きなため息を吐いた。「――美しい北海道が汚れる」

坂下はちらっと葉山を見て「それがお前の人間性か」と言った。

洪敏成《ホンミンソン》は表向きの身分は韓国日報の東京特派員だが、本職は韓国国家情報院、通称国情院の情報員で、腹黒さと特殊な性的嗜好と千枚舌で東京に集まる情報機関の関係者の間では有名な男だったが、この春、韓国日報の支局すらないはずの北海道に飛ばされたという噂が流れた。その背景には、韓国で親北派大統領が誕生したことが大いに関係している。

韓国の情報機関はかつての名称ＫＣＩＡが示す通り、朝鮮戦争後ずっと米国の強い影響下にあった。しかし金大中大統領以降の大統領は急激な経済成長を始めた隣人、すなわち中国という世界一の市場の存在を無視出来ずに、自国の経済成長のためにそこに縋らずにはおられなくなった。その結果、明らかに米国より先に中国の顔色を窺うようになっていく。

そして昨年の大統領選で、汚職によって弾劾された前大統領の後継者に選ばれたのは、さらにその傾向が顕著な親中派だった。本国の国情院でもトップはもとより前大統領の息がかかっている者はほぼ全員が失脚に追い込まれている。そして洪は骨の髄までＫＣＩＡの流れを汲む一派だけに、正面からの強い向かい風を受けているというわけだ。

「このままじゃ首を切られるのは時間の問題だな。あいつ、どうする気かな」

葉山はしばらく見ていない洪の邪悪な童顔を思い浮かべた。変態で性悪で畜生みたいな奴だが、情報屋としての腕は誰もが認めており、その動向を気にしている同業者は多いはずだ。

「米国籍を取るんじゃないかって噂もあるな。元々あいつは本国よりも米国と日本での暮らしの方が長いんだし、国への未練がないなら再就職先はいくらでもあるだろう」

坂下は何でもないことのように言うが、洪のような男にとってそれがどれほどの決意なのか知らないはずはない。

「エディが拾ってやるって可能性はないのか？」

葉山が訊くと、坂下は傘に入ってから初めて葉山の顔を見た。

「それはないと思う。お前と違って洪は飼い主の手を噛む犬だ。気になるなら自分で訊いてみろよ。お前も明日は我が身かもしれないんだし、転職の準備は早いに越したことはないぞ。言っとくが、横須賀基地が現地採用するのはＰＸや船員クラブに置いておけるような若くて愛想のいい女だけだからな。いろんな連中の手垢が付いた情報屋の居場所なんかあると思うな」

「そうか。僕もお前の人間性が良く分かったよ」

誰のおかげで革のライダーズ・ジャケットが濡れずに済んでいるのかまったく分かっていないらしい。葉山は自分の濡れたジャケットのポケットから携帯電話を出して地図を見た。

「捜している男は、本当にこの荒川河川敷にいるのか？」

「それは分からないが、この辺りにいるホームレスが、問題の男が軍から持ち出したと思われる品物を持っていたらしいという情報があったんだ。後は行って直接確かめて見るしかないだろう」

「警察に頼めば早いのに」

「脱走兵の捜索を日本の警察なんかに依頼してみろ、日頃から在日米軍を目の敵にしている連中がそれこそ鬼の首でも取ったように大騒ぎするだろうが」

「だからって、何もこんな雨の日に来なくても。しかも関係ない僕まで引っ張り出して……」

「ホームレスは雨の日は出歩かないから、話を聞くなら今日のような日がちょうどいいんだ。それと言うのを忘れていたが、奴をとっ捕まえた後の聞き取りはお前にさせろと、エディからの命令だ」

「なるほどね。わざと忘れていたんだろう」

　葉山は投げ遣りに言ったが、なぜ自分が脱走兵の聞き取りをする必要があるのかは気になった。エディが葉山にさせろと言ったからには何か特別な理由があるはずだ。

「その男、何かの情報漏洩に関わっているのか？」

「さあ……だがそれはないだろう」

　坂下はすぐさま言った。高架下の河川敷にさしかかるとビニールシートのテントやダンボール箱を使った個性的なハウスが急に増えてくる。雨に濡れないこの場所は、さながらホームレスの住宅密集地といったところだろう。

高架下に来るなり坂下は傘から出て、その辺を歩き回り始めた。何をするでもなく集まって座っている者や寝ている者の顔を無遠慮に覗き込んでいる。

「だけどエディが気にするくらいなんだから、情報漏洩の可能性くらいはあるんだろう？」

「まったくないと思うぜ。逃げた兵隊は艦隊給食班勤務だからな。——ぼけっと立ってないでお前も手伝え」

仕方なく葉山は傘を閉じ、携帯に保存していた脱走兵の写真を出して改めて眺めた。

フランク・マーフィー、三十二歳。第七艦隊第十一揚陸隊所属。

海軍の真っ白なセーラー服が赤黒く潮焼けした顔をいっそう引き立てている。短く刈り込まれた黒い縮れ毛、横に広がった鼻と優しそうな大きな黒い目をしている。この外見から、おそらくアフリカ系アメリカ人だろうと推察出来た。階級は〝COMMAND MASTER CHIEF PETTY OFFICER〟とあるから部隊等最先任上等曹といったところだ。士官ではないが、それなりの立場にあったと考えていいだろう。

「第十一揚陸隊なら母港は佐世保だろ。移動訓練か何かで横須賀に？」

「先月、横須賀に入港したんだ。米韓合同演習の後で」

「そうか。あれの帰りか」

米韓二ヶ国による大規模な定例の合同軍事演習は、一九六七年の「チームスピリット」から始まり、半島情勢の変化によって九十四年に中断されるまで続けられた。しかし結果的には「チーム・スピリット」という名前が消えただけで、北朝鮮を見据えた大規模合同演習そのものはその後も続けられた。今年の四月にも第七艦隊を中心とする米軍部隊と韓国の海上、陸上部隊が合同で演習を行ったばかりだ。

「マーフィーが給食班勤務というのは間違いないんだな?」

「間違いない。補給艦から各艦へ配給する食料を管理する部署にいたそうだ」

それが本当なら、確かに情報漏洩に関わっていたとは考えがたい。そこで分かる情報と言えば艦隊の給食メニューやコックの腕前や自慢のレシピくらいだろう。

坂下に習って葉山もホームレス達の顔を覗き込んで幾つか質問してみたが、なぜか皆の反応が坂下のときとは違う。みんな驚いたようにまず身を引き、それから今度はじっと葉山を見つめる。

「お休みのところ申し訳ありません。僕は怪しい者じゃありません。実は失踪した身内を捜しているんです」

と話しかけると、数人のホームレスが集まって来た。

「こりゃ驚いた。この白人の兄ちゃん、日本語がうまいね」

「ホントだな」

などと話している。白い肌に薄い茶色の瞳という葉山の外見は日本人にはほど遠く、この手の反応にはもう慣れっこだった。

「僕は日本育ちなんです。あの、この写真の男なんですけどね。この辺で見かけたという人はいませんか？　彼の持ち物が近くで見つかったものですから」

葉山はどこからか集まって来たホームレスたちに写真を見せた。彼らは汚れた手で携帯を回して仲間に見せている。

「あれ、これが兄ちゃんの身内かい？　ぜんぜん似てないね」

「まったくだ。兄貴は博多人形みたいにつるつるの色白なのに、弟は真っ黒な顔じゃねぇか」

「それは潮焼けなんです」

「潮焼け？」

「船乗りなんです」

「それでこんなに顔が赤黒いのか。——おいマっちゃん、ちょっといいか？　出て来てくれよ」

もう何日も風呂に入ってないのだろう。油を塗ったみたいに髪がべっとりと固まっている男が、少し離れた場所にあったブルーのテントに向かって叫んだ。すぐにテントから一人の男が顔だけ覗かせた。この連中の中にあってはまだ若い方で、髪もべとついていないようだし髭もほとんど伸びておらずすっきりした顔だ。

「すみませんね、お休みのところ」

葉山はすぐにテントの前に行き、男の顔の前に携帯電話を掲げて見せた。

「この男を捜しているんですが、心当たりはないでしょうか？」

マっちゃんは写真をちらっと見ただけで、「しらねぇ」と言い捨ててテントの奥に引っ込んでしまった。ふと見ると、テントの横に大量の空き缶を積んだリヤカーが置かれていた。これだけの缶が幾らになるか分からないが、これがマっちゃんの仕事なのだろう。結局、マーフィーらしき男を見かけた者は一人もいなかった。

## 2

翌朝早く、葉山と坂下は缶集めに出かけるマっちゃんを河川敷から少し離れた場所で待ち伏せしていた。仲間の話では、マっちゃんは朝早くリヤカーを引いて自治体のゴミ収集車が来る前に近くのゴミ集積所を回って空き缶を集め、それを業者に売ってわずかだが現金収入を得ているということだった。今日も空はどんよりと重い灰色で、予報では午後から雨になるということだった。もちろん葉山は鞄に傘を入れていたが、例によって坂下は傘だけを持って来ない。

「おはようございます、マっちゃん」

葉山が声をかけると、「立ち入り禁止」という札のかかったマンションのゴミ集積所の中に入り込んで不燃ゴミを漁っていたマっちゃんはびくっとして振り向いた。

「あっ、あんた昨日の」

「はい。昨日はお休みのところ失礼しました。後で仲間の方から、朝早いからいつも午後は寝ておられると聞いて、申し訳ないことをしました」

葉山は謝ったが、マっちゃんはまったく聞いていないようで「お、俺は盗みをしていたわけじゃないぞ！　違うぞ」と、真剣な顔つきで焦ったように言い訳を始めた。いままでマンションの住人に何度か泥棒と間違えられたことがあるのだろう。

「分かってますよ、そんなこと思ってもいませんから」

葉山は集積場にあった空き缶を拾い上げてマっちゃんのリヤカーに入れた。「――ちょっとだけお話したいんですが、いいですか？　ここなら仲間の方にも聞かれませんから」

「あ、ああ……」

マっちゃんは急いでかき集めた空き缶をリヤカーに入れると引き手を持ち上げて、逃げるようにマンションを離れた。少し離れた公園に着くとそこにリヤカーを停め、マっちゃんはベンチに座った。葉山は公園の前にあったコンビニエンスストアでおにぎりとお茶を買って来て、それを袋ごとマっちゃんに渡すと、とたんに彼は顔を綻ばせた。

「悪いねえ兄ちゃん。だけど俺に話って何だ？　昨日の写真の男のことなら俺はホントに知らないし、見たことないよ」

「いえ、そうじゃないんです。訊きたいのは空き缶のことなんです」

「空き缶？」

「これだよ」

坂下が透明のビニール袋に入れた空き缶を差し出した。昨日の夜、雨の中を二人でこっそりマっちゃんのリヤカーから探し出した缶だ。灰色の円柱に掠れてはいるが〝USA　NAVY〟という黒い印字が残っている。演習時に配られる缶入りの戦闘用非常食料で、リヤカーの中にはこの缶が十近くあった。

「あんた、これをどこで集めて来たんだ？」

坂下が訊くと、マっちゃんは「うーん」と考え込んだ。

「そんなこと訊かれても、いちいち缶なんか見ないしなぁ」

「そうでしょうね。でもこれはいつもあなたが集めて来るジュースやビールの缶とは違う。スチールでもアルミでもないし、熱や衝撃にも耐えられるかなり丈夫な缶です。

普段見慣れない物ですから、手にしたときに多少の違和感があったはずです。何とか思い出してもらえませんか？」

非常用食料缶は中身を食べ終わった後でもさまざまなライフハックに活用できる。水を入れて下から火を点ければお湯が沸かせて、切り開けばカミソリ替わりにもなるし、足で踏んだくらいでは潰れない。いつも足で踏んで缶を潰しているというマっちゃんが、その違いに気付かないはずはない。誘い水が功を奏したのか、おにぎりを食べていたマっちゃんは何か思い出したように膝を叩いた。

「そうだそうだ、思い出したよ。えらく固い缶だと思ったんだ。えーっとあれはね……確か千住大橋のすぐ側にあるゴミ集積場だよ。うん、間違いない。あそこで回収したんだ」

「ありがとう、助かりました」

葉山が礼を言うとマっちゃんは口許にご飯粒を付けて嬉しそうに葉山を見つめ「兄ちゃん、早く弟が見つかるといいな」と言った。

マっちゃんと分かれた葉山と坂下は、とりあえず喫茶店に入って朝食を取ることにした。朝早く部屋を出たので二人とも空腹だった。モーニング・セットを二つ注文し、それが来るのを待つ間、坂下はずっとビニール袋に入った缶を眺めていた。

「残りの缶から指紋は出た？」

「イトウが、集めた缶から一つでもマーフィーの指紋が出たらすぐに連絡するとは言っていたが、おそらく難しいだろう。大勢の人間の手を渡っている上に、雨に晒されたり踏まれたりしているようだからな」

確かにあまり期待できないなと葉山も思った。出るとしたらマっちゃんの指紋くらいだろう。

「それ、いわゆる米海軍の缶飯みたいなやつなんだろ？」

「ああ」

「美味しい？」

「今度持ってってやる」

「自由に持ち出せるものなの？」

「一個二個なら自分に配給された分を取っておけばいいが、十缶二十缶となると許可がいる。本国だったら普通に補給隊から買い取ればいいだけだが、日本ではそうはいかない。何しろ税関を通っていない輸入品に当たるんだから無断で米軍の管轄外に持ち出していいはずがないだろう」

坂下の言う通りだった。在日米軍が扱っている品は、認可を受けた業者のみへの払い下げという形でしか外部には流通しないことになっている。

「この非常用食料缶は払い下げされてるのかな」

「それもいまイトウに調べてもらっているが、おそらく払い下げ品のリストには入っていないと思う。これだけ食い物が豊富な国でこんなものを払い下げる必要もないからな。もしかしたらオープン・ハウスやベースと地元との交流会なんかで配ったり売ったりすることはあるかもしれないが、数は限られているはずだ」

確かにその通りで、途上国ならいざ知らず検査基準の厳しい先進国で食料品の払い下げをするのは危険だし、普通はその必要もない。先進国でこうした物を欲しがるのは、いわゆるマニアだけだ。少し前に、部外に持ち出し禁止のはずの自衛隊の缶飯がネット・オークションで出回っているのが問題視されたことがあった。同じ品質の缶飯が災害用の非常食料として食品会社から一般発売されているにも拘わらず、マニアたちは自衛隊内で使われている物を好んで取り引きする。

ウエイトレスがモーニング・セットを運んで来た。坂下はすぐさまトーストに齧りつき、腹が空いていた葉山もそれに倣った。職業軍人はみなよく食べよく飲みよく遊ぶ。おそらくそうしなければやっていけない職業なのだろうということくらい葉山だって理解しているつもりだが、せめてその内のどれか一つくらい少し控え目に出来ないものかと思うことが多い。特に極東でハメを外し過ぎているあの節操のない上司を見ていると……。

「そろそろ本当のことを教えろよ。ＮＣＩＳがマーフィーの脱走理由を掌握してないはずはないのに、どうして説明してくれないんだ」

　坂下は何も言わずに食べている。「エディがどんな陰険なゲームを仕掛ける気かは知らないが、僕に聞き取りをやらせるつもりなら隠すな」

「隠す気はない。だがその前に、エディが言わないことを俺がわざわざ話してくれると思うその理由を聞かせろ」

「傘に入れてやった」

「たったそれだけのことでか？」

「卵もやる」

　葉山はモーニング・セットに付いていたゆで卵を坂下の皿の上に置き、坂下は呆れたようにため息を吐いた。

「別に隠しているわけじゃないし、エディからもお前に話すなとは言われてない。ただ海軍の恥だから黙ってただけだ」

「どうして恥なんだ？」

「補給隊から拳銃や手榴弾やナイフ、衛生隊からペニシリンやモルヒネを盗み出す奴は多いが、まさか演習のどさくさに紛れて補給艦の貯蔵庫から食料を盗み出してるような奴がいるなんて、恥以外の何者でもないからな」

「つまり、盗難品を横流した挙げ句の脱走ってことか」

「そうだ。ちょっと前に、持ち出し禁止のはずの米海軍の携帯食品や非常用食料缶詰が日本のネットで売買されているという情報を得て、ＮＣＩＳは在日米軍の補給隊に非常用食料品の管理状況を調査させた。その結果、幾つかの艦隊給食班で、継続的に非常用食料缶が紛失しているのが分かったってわけだ。そしてその紛失先の全てで勤務経験があるマーフィーが容疑者として浮かんできた。だがそれが判明した頃はちょうど米韓合同演習の真っ最中で、奴の部隊も参加中だった。急を要するような話でもないし、海の上なら何の心配もないから演習終了後にゆっくり事情を訊くつもりだったんだ。ところがそれを察したのかどうか、奴は艦が横須賀に入ったその夜に姿を消したってわけだ」

「その非常用の缶は大量に市場に出回っているのか？」

「調べた限りそれはない。おそらくてめぇ一人で持ち出せる分だけ、こそこそとこまめに持ち出していたんだろう。同じ盗むならもうちょっと気の利いた物にしろって言うんだ。飯の横流しなんて貧乏臭い話、聞いたこともない」

坂下は心底不愉快そうに言うと、ゆで卵でテーブルを叩いた。

朝食を終えた二人はその足で千住大橋に向かった。マっちゃんの話していたゴミ集積場はすぐに分かったが、問題は誰がそこに缶を捨てたかだ。こればっかりは近所を一件一件訊いて回るしかないが、どう見ても白人の外見をした葉山と無駄に体力が余っていそうな坂下では却って警戒されるのは分かりきっている。そこで役に立つのが、坂下の持つ「在日米軍横須賀基地海軍犯罪捜査局　犯罪捜査官」の肩書きだ。

今回のような脱走兵の捜索や物資の横流しといった捜査では、どうしても基地の外での民間人に対する聞き込みや情報提供依頼が必要になる。この肩書きを表に出すことで、その面倒な部分を日本の警察に依頼出来るというわけだ。日本には数多くの交番があり、そこに勤務する警察官は近所にどんな建物があるかをほぼ掌握しており、よそ者が無駄に歩き回るよりも遥かに効率的だ。日本の警察にしたところで、彼らの庭先で米軍の捜査官が勝手な捜査をするのは絶対に好まないので、依頼すれば二つ返事で引き受けてくれる。

この辺の手順は慣れたもので、坂下はいつもの要領でまず所轄の警察署に行って事情を説明し、捜査協力を依頼した。所轄の話だと、あの辺は住宅地で新宿や渋谷のような毎日のように観光客が押し寄せて来る場所ではないし、近頃はあちこちに防犯カメラが設置してあるので、あの空き缶を捨てたのが近所に住む者ならすぐに判明するだろうと言うことだった。

その言葉を証明するかのように三日ほどしてＮＣＩＳに連絡があり、缶を捨てたのはすぐ近くに住むサバイバル・ゲームが趣味の二十代の会社員だということが判明した。彼は問題の缶詰をネットで購入し、サバイバル・ゲームの最中に開けて仲間たちと食べた。缶を全て持ち帰ったのは、ゴミを放置したまま帰ったりしたらもう二度とその場所を貸してもらえないからだ。このところサバイバル・ゲーマーたちのマナーの悪さがあちこちで問題になっていることもあり、その会社員が所属するチームは、自分のゴミは自分で持ち帰り自宅で処分することを徹底しているということだった。

この会社員が缶詰を購入したネット・ショップを調べ、運営者が茨城県内に住む森下加奈という三十五歳の女性だと分かってからは、ことは簡単だった。坂下は日本の警察官の立ち会いの許で加奈から事情聴取を行い、マーフィーが定期的に軍の非常用食料缶をこのショップに横流ししていたこと、そしていまは加奈のマンションに隠れていることを突き止めた。

## 3

「非常用缶詰の横流しを始めたのは二年ほど前からです。最初はＳＮＳで知り合った東京のミリタリー・マニアのサークルのメンバーたちにねだられて、軽い気持ちで数個持ち出し、上陸したときに彼らにプレゼントしました。日頃から日本国民とは仲良くしろと言われていましたし、自分自身も日本人の友達が欲しかったんです。彼らにはアフリカ系アメリカ人への偏見がありませんから、一緒にいてとても楽しかった。彼らはお礼だと言って部隊にわざわざゲーム・ソフトを送ってくれました。それが本当に嬉しかったんです」

「森下加奈とはそのときに知り合ったんですか？」

マーフィーは頷いた。

「はい。可愛い子だし英語で会話が出来るし、誘ってみたら彼女はすぐに応じてくれて、それから付き合うようになりました。佐世保や横須賀に上陸したときは茨城から必ず会いに来てくれました」

坂下たちの調査によると、加奈は佐世保や横須賀に勤務する他の兵士たちとも親密な交際をしているが、もちろんマーフィーはそのことを知らない。彼女はネット上で「軍放出品多数」と銘打ったミリタリー・グッズ専門ショップを運営していたが、調べてみると払い下げ品取り扱いの許可を持っていないどころか申請すらした記録がなかった。

要するに個人的に交際している兵士から手に入れた品を勝手に「軍放出品」と銘打って転売している闇ショップである。それでもかなりの数の商品を扱っており、彼女はさしたる元手も掛けずに過去数年間でまずまずの金額を手にしていた。

「店のことは知っていたんですか？」

「はい。最初に会ったときに、小遣い稼ぎでサバイバル・ゲームやミリタリー・マニア向けのグッズをネットで販売していると話してくれましたから。それで、海軍で支給されている携帯食や非常用食料缶詰を少し回して欲しいと頼まれました。自分は仕事柄その程度ならいくらでも持ち出せますが、最初はそんな物は売れないんじゃないかと思ってました。でもオークションに出してみたら、日本のミリタリー・マニアたちが結構な値を付けて取り引きしているのを見てびっくりしました。彼女は喜んで、もう少したくさん持ち出せないかと言い出しました」

その先は聞かなくても分かる。最初は一個二個だったのかいつの間にか十個二十個と増えていき、次第に箱ごと手を伸ばし始めてしまった……おそらくそんなところだろう。マーフィーが言うように彼の立場を利用すれば、そのくらいの数までならまだ何とか誤魔化せたはずだし、銃弾や爆薬などと比べれば管理はずさんと言っても良く、もちろん警備などは付けていないはずだ。缶詰は肉や野菜といった生物と違って携帯食で容器は丈夫で長持ちするし、下船する時にあらゆる場所に紛れ込ませて持ち出すことは簡単だったのだろう。

マーフィーは軍人にしては穏やかで気の小さな男らしく、人事の記録によると給食班への配置も本人の希望となっている。出世のチャンスは多いが荒っぽい連中が揃っている前線の運用部隊は自分の気性に合わないという客観的な判断が出来た男だけに、やっていいとと悪いことの区別がつかないわけがなく、馴染みのない東洋の女の魅力に負けて魔が差したとしか言いようがなかった。

とはいえ……だ。

葉山はマーフィーの様子を観察しながら素早くその印象を頭の中で整理していた。嘘を言っている様子はなく、冷静で落ち着いている。言動は穏やかで軍の教育に忠実な礼儀を実践している。どう考えても、この男に差した魔は極めてささやかなものでしかない。最初に危惧したような情報漏洩源でもなければ、武器や薬物を盗み出すような危険分子でもない。補給艦や駆逐艦の貯蔵庫に山と積まれた食料をわずかに持ち出すくらい大した罪にはならないはずだ。だが脱走したらお終いだ。軍でのキャリアを全て失うことになる。その程度の判断がこの男に出来なかったとも思えなかった。

まだ何か見落としていることがある。アナリスト、それもHUMINT（人的情報収集）のプロである葉山の自負がそう囁いていた。マーフィー自身も気が付いていない、あるいは忘れている何かが……。

「なぜ脱走したんですか？　上官から提出されている君の勤務レポートはどれも＋B以上でした。おそらく脱走せずに素直に取り調べに応じて、いま僕にした通りのことを話せば取り調べ官は納得したでしょう。無罪放免とはいきませんが、表沙汰にせず出来るだけ穏便に済ませてくれたかもしれません。もしかしたら軍に残れたかも……なぜその可能性に賭けようとせずに逃げ出したんですか？」

「分かりません」

マーフィーははっきりと答えた。

「よく考えて下さい。これが理由だと断言出来なくても、人は普通『とにかくマズい』と感じなければ逃げないはずです。君は米韓合同演習終了後、艦が横須賀に入港して下船したとたん、その足で部隊から離れましたね。急いで逃げないとマズいと感じたからでしょう」

「それは……」

マーフィーはちょっと考えていたが、それからじっと葉山の顔を見つめた。「上司から、艦が入港したらただちに本部に出頭するようにと命令を受けた瞬間、誰かが自分のやっていたことに気が付いたんだと分かりました。しかし、さっきあなたが言われたようにそれほどの罪ではないだろうし、何とかごまかせないものかと非常用食料缶が保管してあった艦の補給庫を見渡したとき、それが百個単位で入っている箱があまりに少ないことに気が付いて……」

「君が盗んでいたからですか？」

「違います！」

初めてマーフィーの声が少し荒くなった。「そんなレベルの話ではありません。それまでまったく気にしていなかったのですが、明らかに極端にいつもより少なかったんです。自分はいままで何度も合同演習に参加していますから、演習の規模や参加する艦の種類や日数によって、どのくらいの非常用食料缶が積まれ、どのくらいのペースで減っていくものかは何となく感覚で掌握しています。自分の経験では、もっとあるはずなんです。それがあまりに少ないのでつい気になって、補給品の在庫管理システムにアクセスしてみました。食品は毎日どんどん減り、その都度補給していくので、よほどのことがない限りはいちいち確認しません」

そうだろうなと思った。缶飯一個、空薬莢一つまですべて所在を確認する自衛隊と違って、世界中に展開して実任務に就いている米軍は、その辺はかなり大雑把で多少の間違いや量の誤差は気にしない。だが、それに慣れているマーフィーですら、これはおかしいと感じるほど量に差があったのだとしたら……。

「それで確認した結果はどうだったんですか？」

葉山は胸の奥で微かに湧き上がってくる期待のようなものを押し殺して静かに訊いた。

「はっきりしたことは分かりませんが、自分の予想からはかけ離れた数字が出てきて、それを見たとたんになぜかとても混乱したんです。そして、もしかしたら最初から積んでいた数が少なかったのではないかと考え始めました。あるいは演習途中で突然一気に減ったのか……いや、でも通常の食事を普通に食べている乗組員が、突然予備食に手を出すとも思えません。あるいは途中で他の艦に移し替えたのか……でも、それなら管理担当の自分が知らないはずはありません。いくら考えてもなぜ残っているものがこれだけしかないのか納得がいきませんでした」

「それで？」

「とにかく、どこかで何かの間違いがあって、本来積まれているべき物がここにはないんだと気が付いたとき、それが全部自分の責任にされるのではないかと恐ろしくなったんです。もし仮に艦の倉庫にあった物の半分近くがいつの間にか消えていたとしたら、それはただでは済まないでしょ？」

なるほど。葉山は心の中で呟いた。

元々気の小さいマーフィーには、それが大して重要な物ではないとしても、軍の財産の一部をこそこそと持ち出しているという自覚と罪悪感があったのだろう。自分が関係していないミスまで自分の責任にされるかもしれない、だが、ない物の一部に関しては間違いなく自分の仕業なのだから言い訳出来ない……そのジレンマに陥った挙げ句に〝逃げる〟という行動に出るしかなかった。

「だとしても逃げるべきではなかった。脱走などしなければ、こんなことにはならなかったかもしれないのに」

葉山は静かに言い、わずかだが心の中では同情していた。食料缶一個でも盗んだことは悪い。だが、補給庫にあると思っていたはずの食料がなかったことについては、彼はまったく関係ない。それがはっきりしたときやっと、何故エディがたかが飯泥棒に関心を持ったのか、そして自分にマーフィーの聞き取りをさせたのか、微かにだがその理由が見えてきた。

葉山の聞き取りが終わるとすぐにマーフィーの身柄は所属部隊のある佐世保に移され、そこで処分が決まるということだった。二日後、降っているのかいないのか分からないような霧雨の中を、今回の件に関する報告書を持った葉山は横田基地内にあるエディのオフィスに向かった。オフィスの前で、やはり報告に来たらしい坂下とすれ違った。

「――機嫌はどう?」

部屋の前で葉山は囁くように訊いた。

「悪い」

と坂下。葉山は小さなため息を吐いてからドアを開けた。

見慣れた部屋の中で、やはり見慣れた気障で傲慢で気分屋の白人が椅子に座って、おそらく坂下が提出したのであろう報告書を読んでいた。葉山が入って来た事は気が付いているくせに、顔を上げようともしない。

「フランク・マーフィーの報告書です」

葉山はそう言って、エディのデスクに書類と記憶媒体の入った茶封筒を置いた。返事がないのでそのまま部屋を出て行こうとも思ったが、やはり出来なかった。いまここで黙って出て行ったら、この件について質問する機会は二度とないだろう。

「訊きたいことがあります」

そう切り出すと、やっとエディは顔を上げて葉山を見た。金髪の下の碧く鋭い目が、まるでそれを期待していたかのように葉山を見つめる。

「君は黙って出て行ったことがないな」

「一刻も早く出て行きたいのは山々なんですが、謎が残ったままだと気になって夜眠れなくなるんです」

「柔らかくて香りのいい抱き枕でも買ったらどうだ。何なら見立ててやってもいいが」

「考えておきます。——ところで、米軍はいつから同盟国まで欺くようになったんですか?」

葉山は単刀直入に訊いた。

「欺いたことなど一度もない」

「だったらなぜ公式に発表した米韓合同演習の規模と実際に行われた演習規模が違っていたんでしょうか？　いやもしかしたら違っていたのは規模ではなく中身の方かも」

　確固たる証拠はない。だが、おそらくそういうことなのだろうと葉山は考えていた。それがただの手違いなのか、それとも意図的なものだったのかは不明だが、とにかく上層部の発表通りのことが現場で行われていなかった可能性は高かった。エディは書類を置いて立ち上がり、葉山の隣まで来てデスクにもたれかかった。

「そう思う根拠は何だ？」

「例の非常用食料缶の量です。マーフィーは戦闘にも情報収集にも参加したことのない軍人ですが、艦船の食料を管理するプロであり、本人も仕事に誇りを持っていました。あんな事件を起こしたとはいえ、それまでの勤務態度は真面目で軍に対する愛情も人一倍あった。彼は聞き取りの中で、演習の規模によってどの程度の非常用食料缶が艦に積まれるものなのか、それがどの程度のペースで減っていくものかを肌で感じて知っていると話してくれました。だがあの演習の時、彼が乗っていた補給艦の貯蔵庫には、彼が当然あるべきだと思っていた量の缶が残っていなかった」

「なぜなかったんだろうな、タカシ？」

　露骨にとぼけて、まるで先生が生徒を試すような言い草だ。試されていることを不快に思いつつも、ここで頭に血が上ったら負けだと自分を諫めながら葉山は話を続けた。

「理由は幾つか考えられます。一番目、単純な手違い。当初参加するはずだった艦や人に不具合が生じた、あるいはトップの方で突然の方針変更があったが、わざわざ発表するほどのことでもなかったのでそのまま演習を実施した」

「二番目は?」

「連絡ミス。単純に積む数を間違えた」

「三番目」

葉山は少し間を置いてから、隣に立つエディを見て声を落とした。

「演習のスケジュール表には書かれていない誰か何か、あるいはその両方が同じ時期、同じ場所にいて、演習に紛れて演習ではない作戦を実施していた。当然、それは非公式の作戦でごく限られた人間しか知らない極秘任務でしょうね。でも参加している連中が生身の人間ならば、間違いなく腹が減る。何か食べないといけない。だが非公式で極秘任務なら、食料や水の補給記録を残しておくわけにはいかない。ただでさえ最近は本国の議会や軍部に批判的な民主系団体が煩いですからね。だから近海にいる複数の艦の倉庫から少しづつ持ち出してしまうことで、記録に残らない補給を実施していたとしたら……」

「そこまでだ、タカシ」

エディは冷ややかな声でぴしゃりと話を遮ぎると、ポケットからダンヒルの箱を出して一本銜えて火を点けた。

「想像力が豊かなのはいいことだ。だが、想像を膨らませ過ぎるのは良くない」

「そうでしょうか？　そもそも米韓合同演習の一番の目的は北朝鮮への威嚇のはずだ。ところがチーム・スピリットの頃から、北朝鮮の核開発に纏わる、ころころと変わる舌先外交に振り回され、その度に縮小、中断、再開を繰り返してきた。大統領同士は笑顔で握手をしながら米韓は同盟国だと叫んだところで、常に韓国が気にしているのは米国ではなく北朝鮮と中国だ。しかも韓国の新大統領は、その傾向がこれまでになく強い親北親中派と言われています。噂では、今回の米韓合同演習の大規模な縮小を執拗に要請して来たとか。米国がそれをどう受け止めているか、末端の使い捨てアナリストだって大いに興味があります」

「別段どうとも受け止めてはいない。我々は同盟国でありこれからもその関係に変化はない……と、政府の上層部は言っている。軍としては従うだけだ」

中身のない空虚な発言だが、そうとしか言いようがないのも良く分かる。韓国が米国を信用せず、いつかその傘の下から抜け出そうとしているように、おそらく米国もまた韓国を信用してはいない。だがそれでも東アジアのパワーバランスを崩さないために同盟国であり続けることは必要不可欠だ。

北朝鮮への威嚇のはずの米韓合同演習の水面下で、もしかしたら米国の韓国に対する威嚇と韓国の米国への牽制が始まりつつあるのかもしれない。補給艦から静かに消えた何十人分、いやひょっとしたら数百人分の非常用食料缶は、何かの前触れなのかもしれない。そして運悪くマーフィーは無意識にそれを感じ取ってしまったような気がした。少なくともエディはそのことを一番危惧していたに違いない。だから葉山に聞き取りをさせたのだろう。

「安心して下さい。マーフィーは何も気が付いていません」

葉山はそう言ったが、だから佐世保の方に寛大な処置を頼んでくれとまでは言えなかった。言ったところで、この意地悪い男を喜ばせるだけだ。

「分かった」

エディはそう言ってこれ見よがしに煙草の煙を吐き出して葉山を見た。

「これで今夜は眠れそうか？」

「何も知らされない者が哀れで、ますます眠れなくなりました」

葉山はそう言い残して部屋を出た。

オフィスを出ると、廊下の先にプラスティックカップに入ったコーヒーを持った坂下が立っているのが見えた。葉山が近寄ると「満足したか？」と訊いた。

「ぜんぜん」

葉山は不満たっぷりの顔で大きく頭を左右に振った。「何一つまともな答は聞かせてもらえなかった」

「いつものことだろ」

「でも一つだけ分かったことがある」

「何だ？」

「あいつの人間性」

「いまさらかよ」

そう言うと坂下は残りのコーヒーを飲み干し、カップをゴミ箱に投げ入れた。

「残念ながら、マーフィーを弁護する材料は一つもないみたいだな。罪状は軍の補給物資の横流しと言ったってわずかな量で、しかも自分の懐には一円も入っていない。いい思いをしていたのはあの女だけなのに、それでもやっぱり除隊処分になるんだろうな」

脱走さえしなければ……。どこか穏やかにすら見える表情で行儀良く聞き取りに応じていたマーフィーを思い出し、葉山はなぜか切なくなった。

――日本人の友達が欲しかったんです。彼らにはアフリカ系アメリカ人への偏見がありませんから。

おそらくあれは彼の心の奥に幼い日からずっと燻っていた不満であり、願いに違いない。だが森下加奈には偏見はなくとも、下心と欲は人一倍あって、結局マーフィーを逃げ切れぬ場所へと追い詰めた。

「自分から軍を逃げ出すような奴に同情する必要はない」

坂下は吐き捨てたが、それはそれで紛れもないいまの彼の本音だろう。そこがどんな組織であろうと、信じることが出来なければ職業軍人が勤まるはずもない。

エディのオフィスがある本部舎を出ると、外はまだ霧のような雨が降り続いていた。まったく激しさはなく、降っているのかいないのか分からないような静かな雨がずっと降り続くのがこの季節の特徴だ。空気に溶け込むような雨に慣れてしまううちに、それがどれほどの量となっているのか忘れてしまう。慣れてしまった光景の裏で、変化は必ず起きているのだ。

葉山はいつもの癖で坂下に傘をさしかけながら、突然、坂下が意地になって傘をささないのは、軍服は着ていなくても自分は骨の髄まで軍人なんだということを忘れないためなのだと気が付いた。坂下には、いつか自分が本当に軍服を着なくなる日がやって来ることはまだ想像出来ないのだろう。アナリストではない自分が想像出来ない葉山と同じように。

# 第三話　分の悪い賭け

# 1

喪服を着るのは久しぶりだった。

幸いなことに、人並みのささやかな悩みやトラブルこそ尽きないものの、情報分析官《アナリスト》としての葉山隆の限られた交友関係の中で極めて近しい大切な誰かを失うという不幸はいまのところほとんどなく、これまでの人生で経験したいくつかの葬儀はどれも超えられないほどの辛い悲しみを伴うものではなかった。

ただ一つ、思春期を前にした自分に塞がりようのない深い疵を残した父親の死を除けばだが……。しかし、そのことを知っているはずの仲上孔兵《なかがみこうへい》はまったく気にしていない様子で、さっきから妙に喪服に興奮している。

「いいねいいねぇ、怖いくらい似合っているじゃないか。お前さんのその大理石みたいな真っ白な肌には漆黒が際だって映えるんだよなぁ。その格好で墓石の前に俯いて立ってみろ。まさに文豪モーパッサンの小説から抜け出して来たみたいだぞ」

どこから見ても白人そのものといった外見を持つ日系アメリカ人である葉山が勤務する出版社『極東ジャーナル』と同じ『間宮ビル』内にある『中華文化思想研究所』の所長、仲上はやけに嬉しそうだ。

「喪服ではしゃぐなんて不謹慎ですよ、仲上さん。――モーパッサンの小説って、墓地で女と出会うあれでしょ？　つまり僕は三週間で飽きられる娼婦ってわけですか」

「何を言ってるんだ、お前さんなら絶対に三週間以上は保つ。三年でも問題ない。俺が保証してやるぞ」

　一回り以上も年上とは思えない仲上の軽さに、葉山は呆れ気味にため息を吐いた。

モーパッサンのその小説は、葉山も学生時代に読んでいた。家庭のある男が墓地で見かけた見知らぬ女の喪服姿に惹かれ、身の上話を聞くうちに肉体関係を持ってしまったものの、結局三週間ほどで飽きて別れてしまう。ところが後日、男はまた墓地で喪服姿で誰かの墓石の前に立ち、違う男に声をかけている女を見かける。女は喪服姿で墓地で客を引いていた娼婦だったというわけだ。

「そんな当てにならない保証は結構です。それよりこのスーツ、本当に貰っていいんですか？」

　葉山は鏡に映った自分の姿を見ながら訊いた。かなり前のものとはいえ世界的に名の通った高級ブランドのブラック・スーツで、葉山の給料ではとても手が出ない。しかも仲上自身は一度しか袖を通していないらしい。

　皮肉なことに、仲上が言うように葉山の真っ白な肌と薄茶色の髪と目は、高級シルクの艶のある黒に違和感なく馴染んでいた。いつもは無造作に一つにまとめている柔らかい髪を整髪剤で抑えて後ろに流すと、どこからどう見ても日本人ではなく白人だ。

「ああ、残念ながら俺にはもうキツいんだ。昔はかなり腰回りが引き締まっていたんだがなぁ」

仲上はそう言いながら、最近やや前に出てきたらしい腹をさすっている。

「楽し過ぎなんですよ。そろそろ現場に復帰したらどうです。そういう誘いがあるって噂を横田で耳にしましたけど……」

冷やかしではなく事実だった。

仲上はかつて〝中国通〟と呼ばれた大陸情報の専門家だったが、事情があって〈会社〉と称される米国軍の情報機関の一線を退き、その世界から距離を置くようになった。しかし近年急激に活発化する中国の領土拡張政策に伴い、復帰を求める声があるらしい。いまも大陸と独自のパイプを持っていると言われる仲上だから何ら不思議はない話だった。

「いまさらそんな気になれるか。俺は残りの人生を恋と夢に捧げたいんだ。それに同じ勧誘されるなら、道を踏み外してみたくなるような色っぽい喪服姿でされたい」

仕事熱心な若い社員たちに会社を任せ、責任を伴わない勝手気ままな短い恋愛を楽しんでいる中年男の戯れ言など聞く気にもならない。

「その寝言、エディに伝えておきますよ」

葉山がそう言うと仲上は意味ありげににやりと笑った。表向きは民間人とはいえ、実際は〈会社〉の息がかかったアナリストである葉山にとってエディは逆らうことの出来ない絶対的な上司で、仲上もそれは良く承知している。

「やっぱり喪服はあいつの趣味か。俺と趣味が合うな」

「それは、人として最低だって自分で認めるのと同じですよ」

葉山はことさら冷たく言い放った。

「やれやれ。相変わらず可愛い顔で容赦ないねぇ。扱い難い上司だっていうのは分かるが、仮にも掌中の珠のごとく疵一つ付けずに手塩にかけて一人前の情報屋に育ててくれているんだから、もうちょっと言いようがあるだろう。同じ部下を使う立場としては、あいつに少々同情したくなる」

仲上は深々と息を吐いたが、その意見は三パーセントくらいが事実で、残り九十七パーセントは仲上の大きな勘違いだ。掌中の珠というより掌で転がされる大豆か何か、疵一つ付けないのは米軍の玩具に自分以外の人間が疵を付けるのが我慢がならないから、手塩にかけているのではなく傷口に塩を塗り込んでいるだけ……と喉元まで出かかっている真実を表す言葉を葉山はぐっと呑み込んだ。

「それにしたって、突然編集部に電話してきて、喪服で見ず知らずの人間の葬式に行けって言うのは何なんでしょうね」

「喪服は単なるあいつの趣味だろうが、行けと言うからにはおそらく〈会社〉と関係がある人間の葬儀だろう。お前さんはもうどっぷりそっちの世界に浸かっているんだから、文句を言わずに行って来い。その格好なら充分に気障な白人上司《ワスプ》の代理が務まるさ。終わったらたまには一緒に飯でも食おう。あいつだけじゃなくて、たまには俺にもモーパッサンの気分を味わわせてくれ」

「勝手なことを」

葉山は聞こえるように呟いたが、仲上の耳には届いていないようだった。

葉山はすぐに飯田橋の間宮ビルを出て、Yナンバーの在日米軍車両で千葉の松戸に向かった。運転手はやはり〈会社〉と関係が深い星条旗新聞社の記者で、スキンヘッドの黒人の大男〝JD〟だ。助手席に乗り込んだ葉山を見るや否や、JDは上品とはほど遠い口笛を飛ばした。

「見違えたぜ。よく似合うじゃないか。昔スービック基地の近くに、ダンサーが身に付けているのは黒いバタフライだけっていうポールダンス・バーがあってな、その下は何も付けてないんだが、あれを思い出すぜ」

娼婦の次はヌード・ダンサーか。自分の周りはどうしてこんな大人ばかりなのだろうと葉山はまたしてもため息を吐き、そしてすぐに諦めた。個人的な趣味はさておき、彼らはみんな情報屋の世界ではベテランで、葉山よりキャリアが長いだけでなく優秀でもある。そのことは葉山自身が一番良く知っていた。

「興奮するのは後にしてちゃんと運転してくれよ、ＪＤ」

「大丈夫だ。千葉にはしょっちゅう行ってるから問題ない」

「新しいガールフレンドは千葉に住んでるの？」

「職場が成田でね。昼間は航空会社のカウンターで働いているんだが、腰使いはポールダンサー並みなんだ」

「腰の話はまた今度だ。それより、これから僕は誰の葬儀に行くんだろう」

「これらしい」

そう言ってＪＤは葉山の膝の上に薄いファイルを置いた。開くと最初のページにスーツ姿の老人の写真があった。

曽根《そね》正敏《まさとし》　株式会社曽根重機工業、創始者にして現会長。本社は千葉県松戸市。社員は八百人ほどで業界では中堅といったところだが、創業時からずっと大手自動車メーカーとの独占業務提携契約を結んでおり、経営は安定している。二十六年前に実子に社長の座を譲って会長職に納まったが、その実子は昨年既に病死していた。

現社長は重役会議によって選出された元営業部長だ。正敏自身も息子の死のショックからか一年ほど前から持病が悪化し入院していたが、六日前に亡くなった。九十四歳。故人の遺志で、社葬ではなく個人葬として今日の午後から松戸市内の会館で葬儀が行われることになっている。

「曽根会長とエディの関係は？」

「俺が知る限り何もない。おそらく面識はないはずだ」

「じゃあなぜ葬式に？」

「さあ、そんなこと俺が知るはずないだろう。俺は横田の大事なアナリストの送り迎えを命じられただけだ」

ＪＤはエディと違って概ね正直だ。それを良く知っているエディが、ＪＤには余計な情報を一切与えないのはいつものことだったし、彼自身もそれを良く心得ていて必要以上のことには首を突っ込まない。だからこそ横田から重宝されているとも言えた。

「この会社、何を造ってるの？」

「工事現場で使うショベルカーやブルドーザー、掘削機といった類だそうだ」

「在日米軍基地の施設工事に関係していたとか、そういうことはないのかな？」

「分からん。だが曽根重機工業は大手自動車メーカーのＴＯＭＩＤＡと関係が深いんだ。曽根正敏は元々ＴＯＭＩＤＡの技術開発部にいた技術者で、そこから独立していまの会社を興した。独立してからもＴＯＭＩＤＡの下請けとしてずっと良好な関係を継続している。ＴＯＭＩＤＡと言えば世界規模の自動車メーカーだ。アメリカ本土でも在日米軍基地内でも腐るほどＴＯＭＩＤＡの車両が走っているんだから、そういう意味では無関係ってことはあるまい。逆に言えば、在日米軍基地の施設工事でＴＯＭＩＤＡの車両が一台も関係していないなんてことの方が不自然だろう。だいたいお前がいま乗ってるこのＹナンバーもＴＯＭＩＤＡの車だぞ」

「言われてみればそうだね。関係があって当たり前か」

だからと言って、それが葬儀に出席しなければならないほどのものとも思えなかった。ＴＯＭＩＤＡ本社の関係者ならいざ知らず、曽根重機工業は数多くの下請けの一つに過ぎないはずだ。

「本当に深い関係があるなら自分で葬儀に行くはずだ。お前を代わりに行かせるってことは、個人的な関わりや深い関係はなかったんだろう。誰を行かせてもいいからわざわざお前を選んで喪服を着せた。いつものあいつのお遊びか気紛れってところだろうから、あまり気にするな」

ＪＤは気楽に言い切り、葉山もおそらくそうだろうとは思ったものの、それでも何かが心の奥底で引っかかっていた。エディは電話で何と言った？

――タカシ、わたしの代わりとして恥ずかしくない格好で葬儀に行け。くれぐれも横田の顔に泥を塗らないように。

あのときエディは最後に念を押すように〝ＡＣＴ　ＦＯＲ　ＭＥ〟と言ったはずだ。

エディはよくそういう言葉遊びで葉山を試す。一番大事なことは決してはっきり口にせず、意地悪い教師のように葉山の鈍さを弄ぶ。

「今日のエディの予定は？　葬儀に出席出来ないほどの用事って何だろう」

葉山が訊くと、ＪＤは呆れたように「俺はあいつの秘書じゃない」と言った。

「そんなに気になるならメールでもしてみろ」

「厭だ」

葉山は即答した。

「じゃあ忘れろ。そろそろ着くぞ」

いつの間にか車は千葉に入っていて、ＪＤが言ったようにほどなくして目的地の葬祭会館に到着した。葉山は数珠と袱紗を持って車から降りた。社葬ではないとはいえ、かつてはそれなりの地位にいた人物だけに盛大な告別式だった。かなり大きな葬祭会館を立派な花輪が埋め尽くし、参列者も相当な数だ。

葉山は受け付けで日本流に香典を出して、エディに命じられた通り英語で型通りのお悔やみの言葉を述べた。受け付けにいた若い男はその間中、葉山の顔をじっと見ていたがやがて、我に返ってはっとしたように深々とお辞儀をした。葉山は受け付けに置いてあった記帳を引き寄せ、どう書いていいか分からないような素振りをしながら前のページを繰ってざっと目を通した。それから横文字で「在日米軍横田基地情報部」

と記して告別式会場へと向かった。

それからしばらくは、葉山にとっては何ともいえない不思議な時間が流れた。まったく面識のない故人の思い出話やすすり泣きに囲まれ、意味の分からない退屈な経を聞き、一連のお別れセレモニーが終わるまでの間、手持ち無沙汰で伏し目がちに周囲を観察するしかやることがなかった。とは言っても長く生きただけでなく社会でもそれなりに活躍した人物だけに交友関係も広かったのだろう。男性女性、制服姿の学生からかなりの高齢者まで参列者の幅は広く、いずれも礼儀を弁えたごく普通の人々に見えた。もとよりこういう場で故人の悪口を言う者はおらず、漏れ聞こえてくるのは故人のいい話ばかりだ。それらをまとめると、故人は経営者としても家庭人としても堅実で保守的、仕事の上ではどちらかと言えば昔気質の人間だったらしい。しかしプライベートではユニークなアイデアをたくさん持っている面白い人間だったようだ。

そんな話を耳で拾いながら、出棺まで葉山はただじっと耐えていた。そしてやっと出棺が終わって走り去る霊柩車を見送っていたとき、参列者の中に見知った顔がいることに気が付いた。

# 2

上原友和は四十過ぎで体格が良く、首から上はよく日焼けしていて髪は短く刈り込んでいる。レスリングか柔道の経験者らしく耳が分厚くいびつに変形しているが、これだけ耳が〝わいている〟ということはかなりの猛者に違いない。職業は公務員、神奈川県警外事課の警部補だ。二ヶ月ほど前、彼の依頼で葉山は一人のアメリカ人家出少年を捜すハメになった。

「珍しいところで会いますね」

葉山が声をかけると一瞬だが、上原は酷く気まずそうな表情を見せた。

「いやぁ、先日はどうも。葉山さんにはお世話になりました」

上原はそう言ってそそくさと逃げ出そうとしたが、葉山はしっかりとその腕を摑んで放さなかった。

「せっかくですから、少しお話でもしませんか？　故人とは親しかったんですか？」

「ってわけではないんですが……そういうあなたはなぜここに？」

「上司の名代です」

葉山は穏やかな笑みを浮かべて言った。

「上司？」

「お忘れですか？　エリーゼ・リチャーズの親しい友人ですよ」

その名を出すと上原はまた厭そうな顔をした。それは家出した少年の母親で、元在日アメリカ大使館の書記官付き秘書をしていた女の名前だ。

「参ったな……勘弁して下さいよ、葉山さん」

上原は本当に困っているようだった。

「捜査でしょ？」

葉山はズバリと切り込んだ。「何の捜査かくらい教えて下さいよ。この間、僕はそちらに充分協力したはずでしょ。あの少年を早々に見つけて帰国させたことで、そちらもいろいろな面倒を回避出来たはずですが……」

我ながら姑息な手だとは思ったが、これが一番有効なのは確かだ。エリーゼの息子カイルは、神奈川県警に逮捕された二人の婦女暴行犯の友人であり、彼自身にも容疑がかけられる可能性があった。しかし容疑をかけたところで日米地位協定の壁に阻まれ、日本の警察はカイルに手が出せない。事件が明るみに出たときにカイルがまだ日本にいたら、日本の警察はみすみす容疑者を見逃したとマスコミに叩かれるに決まっている。そうなる前にカイルに出国していて欲しいと一番願っていたのは、おそらく彼らに違いない。

上原はちょっと考えていたが、それから葉山を促すように一緒に葬祭会館を出た。しばらく歩くと路上に覆面パトカーが停まっているのが見えた。

「乗って下さい。飯田橋まで送りますから」

仕方なく葉山は頷き、ＪＤにメールを入れてから車の後部座席に上原と一緒に乗り込んだ。運転席には葉山より少し若いくらいの男が座っていた。

「小野、飯田橋に寄ってくれ。そこでこの人を降ろすから」

小野と呼ばれた男はバックミラー越しに葉山を見てから黙って車を発進させた。

「葉山さん、最初に言っておきますがこれは我々の仕事です。在日米軍情報部が気にするようなことは何もありませんから安心して下さい」

その言葉を聞いた瞬間、葉山の頭にエディの顔が浮かんだ。やはり一番大事なことを隠していたんだと思うといつも以上に腹立たしかったが、それを顔には出すなと自分に言い聞かせる。

「そうですか。しかし我々にしてもただ黙って見ているというのも……何かお手伝い出来ることでもあればと思っているんですが」

何も知らない葉山は、何かを知っているような口ぶりでカマをかけてみた。上原は苦々しい表情で頭を大きく左右に振った。

「冗談じゃない、ただの民間レベルの産業スパイに米軍の情報部の手を借りる必要なんかありませんよ。ワン・ソウチャイは数年前からビル清掃員として日本の大手企業の本社や研究所に入り込んで、ゴミの中から破棄処分の書類を拾い集めて中国企業に売り渡していたような雑魚に過ぎない。産業スパイと言っても技術に関する知識はまったくないし、元はピッキング常習犯のコソ泥でしかも不法滞在者だ。いつ頃からか大手企業のゴミ箱の中身を中国企業が高い値で買ってくれると知って、ピッキングからゴミ漁り屋に転職するような目先の金のことしか頭にない奴だ。米軍さんは、日本の警察はその程度の男の相手も出来ないとでも思っているんですかね？」

怒りと厭味がたっぷり入り混ざった皮肉だった。

「まさか、そんなことは思っていません。僕は日本育ちですから、そちらがいかに優秀な組織かは良く知っています」

「だったらなぜあんな場所にまで顔を出すんですか。我々の仕事ぶりに不満があるとしか思えない」

「そちらこそ、なぜその程度のコソ泥のことで被害企業の会長の葬儀にまでわざわざ足を運んで来たんですか？　そっちの方が不自然だと思いますが」

当てずっぽうだったが、これがクリーンヒットだったらしく、上原の顔に明らかに喋り過ぎたという後悔と自分をハメたアナリストへの怒りが浮かんだのを葉山は見逃さなかった。上原は腹の底からこみ上げてくる何かを抑えつけるように警察官特有の厭な目つきで葉山を睨んだ。

「とにかく捜査に関することはこれ以上は話せない。どうしても知りたいなら、正式な手続きを踏んでからにしてくれ」

それだけ言うと上原は石のように黙り込んでしまい、飯田橋の『間宮ビル』前で葉山を降ろしたときも別れの挨拶すらしなかった。


編集部に戻った葉山はすぐにJDに連絡を入れ、それから待ち構えていた仲上に喪服姿のまま夜の街を引き回されることとなった。

若い女性が喜びそうなレストランでちょっと気取った食事とワインを楽しみ、それから彼の行きつけのクラブやバーの梯子に付き合わされ、行く先々で珍しいペットか、あるいは仲上の新しい愛人でも見るような好奇の目で見られたが、それでも気にせずに付き合った。

深夜の二時を過ぎた頃、ようやく仲上は新宿の路地裏にある静かなバーのドアを押した。そこはかつて中国通の溜まり場と呼ばれた店だったが、いまはひっそりと静かで客も葉山と仲上だけだった。すっかり酔っている仲上はカウンターに伏すようにして葉山を見上げた。

「タカちゃん、俺に質問があるんだろう?」

「はい」

葉山は素直に頷いた。「二つあるんですが、今夜は一つだけにしておきます」

「まあいいだろう。何が知りたいんだ」

「日本企業専門のゴミ漁り屋。元ピッキング強盗。不法滞在者。名前はワン・ソウチャイ。〈会社〉はこの男に関心を持っているんでしょうか？」

「名前までは知らないが、ここ数年中国企業に雇われたゴミ漁り屋が急増しているのは本当だ。本国との関係を疑われないために、わざと民主活動家崩れや不法滞在者を使っているそうだ。日本企業の多くは優れた技術開発力を持っていながら、その保護に関しては呆れるほど無頓着で考えが甘い。社員を信用してこその会社という昔ながらの発想が捨てきれないんだろう。だが社員が働くのは金のためで会社のためじゃない。その辺の割り切りが出来ないのが日本企業の致命的な欠点だ。〈会社〉が恐れているのは、米国の技術情報が日本の民間会社から際限なく漏れていることだ。だが、日本政府の尻は叩けても民間企業の尻までは叩けないという現実がある」

「つまり警察、特に外事課の尻なら叩けるってことですね」

「だろうな」

そういうことならエディが裏で外事課の上原と繋がっていること、日本の警察を米国の都合で利用していること、そしてそのことを現場の上原らが面白く思っていないことも納得が出来た。彼らが葬儀に来ていたのは、ワン・ソウチャイの捜査のためと言うよりも曽根重機工業自体を調べるためだったのかもしれない。

「もう一つの質問はしなくていいのか?」

仲上が優しい声で訊いた。

かつて在日米軍の情報部に勤務していた父親のことを、当時〈会社〉と深く関わっていた仲上が知らないはずはなく、いつかそのことを訊ねたいと思いながらも葉山は未だに切り出せずにいた。仲上も父親のことは口にしない。しないのにはおそらく理由があるからだ。

「またにします。――それよりモーパッサンの気分は味わえましたか?」

葉山がそう訊くと、仲上は小さく頷いた。

「ああ、なかなかいいもんだ。だがお前さんほど喪服が似合い過ぎるってのも考えものだな。立つ場所を選ばないと、誤解を招く」

そう言って仲上は目を閉じた。

## 3

葉山は仲上と食事に出かける前に、ＪＤにメールで「葬祭会館の受け付けにいた若い男を捜してくれ」と頼んでおいたのだが、その男の素性は葬儀会社と葬祭会館に問い合わせたらすぐに割れたということだった。

　曽根重機工業の社員で、亡くなった会長の甥に当たる上司の命令で告別式の手伝いに駆り出されたということらしい。いくら社葬ではないと言っても、曽根重機工業の幹部や株主のほとんどは血縁者で固められているので、社員が手伝いに来ていても何ら不思議はなかった。

　早速ＪＤに今度は、その男から告別式の記帳のコピーを手に入れてくれと頼んだ。ＪＤがどんな手を使ってそれを実行するのか葉山はいちいち訊いたことはないが、あちこちに顔と機転が利く彼のことだし何の心配もしていなかった。思った通り、依頼した翌日早々にＪＤは得意顔で記帳の写しが入った封筒を持って極東ジャーナルの編集部にやって来た。

「早かったね」

　封筒からコピー用紙を出しながら葉山が感心していると、ＪＤは笑いながら「簡単だった」と答えた。

「そうなの？　いまはどこの会社も個人情報の管理には煩いはずなのに」

「会社が煩くても欲には勝てないのさ。十万円出すと言ったら二つ返事だったぜ」

　さもありなん。若い社員にしてみれば、口すら利いたことがないような雲の上の存在である会長の告別式の出席者など、存在しないも同然なのだろう。社内の重要書類というわけでもないし、こんなものをコピーするだけで十万円も貰えるなら大喜びだったに違いない。

葉山は一枚目から丁寧に目を通し始めた。会社関係者、取り引き先、おそらく学校関係……さまざまな肩書きが並んでいる。十八枚目まできたとき、葉山の目はある名前の上で止まった。


その日の夜、葉山は市ヶ谷の防衛省前で一人の男が出て来るのを待っていた。約束は夜の七時だったが、男が正門から出て来たのは七時半過ぎだった。

「悪い悪い。お待たせして申し訳なかった。ちょっと仕事が長引いてしまってね」

初対面にも拘わらず気さくな口調でそう言って謝ったのは、この門の防衛省省庁A棟にある陸上幕僚監部の装備計画部に勤務する高山事務官だ。五十過ぎのかなり恰幅のいい男で、常に姿勢が良く目つきの鋭い制服自衛官と違い、どこか雰囲気も顔つきも穏やかに見えた。

「こちらこそ急な話を持ち込んですみませんでした。その辺で一杯やりながらお話を伺えればと思っているのですが、お時間はよろしいでしょうか」

「ぜんぜん構わんよ。ちょうど誰かと亡くなった曽根会長の思い出話をしたいと思っていたところだからね。電話を貰ったとき、出版社の人間が僕に何の用かと思ったんだが、曽根さんの話だと聞いてすぐにピンときたよ。あの人はなかなか面白い人だったからねぇ。とりあえず喉が渇いて仕方ない。近くで良い店を知ってるから、そこへ行こうよ」

高山はそう言うと、早く一杯やりたいと言わんばかりに先に立って歩き出した。

その店は、しがない事務官の行きつけにしてはやや高級な感じで、高山が葉山の財布を当てにしていることはすぐに分かった。個室の座敷に通されると高山はまずビールを頼み、それから次々に料理を注文した。

葉山は高山のしたいようにさせて、ビールが酒に代わる頃にやっと本題を切り出した。

「曽根会長とは長いお付き合いなんですか？」

「うん、三十年以上だよ。まだ省になる前のことで、僕が入庁して間もない頃からだからね」

「きっかけは何ですか？」

「当時の陸幕装備部と補給部の主催で行われた陸上車両装備研究会に、曽根さんが事実上の出資をしてくれていたんだよ。あの人は元々ＴＯＭＩＤＡの開発部技術開発研究室にいたほどの技術者で、あんなに偉くなってからも技術者気質が抜けないみたいで、そりゃあ勉強熱心だった。僕は当時ぺーぺーの若造で、会場の設置や会食の手配といった雑用をやらされていたんだけど、そんな僕にもよくあちらから声をかけてくれて実に出来た人だった。それからあの人が社長を退くまでの数年間、毎年研究会で顔を合わせていたね。その度にいろいろな話をしてくれて、本当に面白い人だったよ」

「確か二十六年前に社長の座を息子さんに譲って、ご自分は会長になられたんですよね」

　葉山は高山のお猪口に酒を注ぎながらさり気なく話を促す。高山はかなりイケる口らしく、一人で良く食べ良く飲んでいた。葉山の方は酒にはほとんど口を付けずに、聞くことに専念していた。

「そうだよ。息子さんの代になって毎年というわけにはいかなくなったが、それでも数年に一回は経費はあっち持ちでそういう研究会をやっていたんだ。それがだんだん規模が大きくなり他社も関心を持つようになってきた。そこで一社だけでなく十数社が集まる現在の『官民合同陸上装備研究会』という形に変わっていったんだよ。いわばその先駆けが曽根会長ってわけだな」

「それは素晴らしい功績ですね」

「まったくだよ。あの人はね、立派な人だったんだよ」

高山はそう言ってしみじみと頷いた。

少々食い意地は張っているようだが、誰かと曽根会長の思い出話をしたいという言葉に嘘はない。おそらく彼は純粋に曽根会長の人柄が好きだったのだろう。

「車両装備研究会というのは、当時は具体的には何を研究していたんですか？」

「細かいことを言えばいろいろあるが、簡単に言うと戦車、装甲車、指揮車の開発研究……何と言っても戦車だな。あれは陸上戦の花形だから。君だって『パットン戦車軍団』って映画は知っているだろう？　僕も曽根会長もあれが大好きでねぇ……よくあれについて語り合ったものだ。戦車こそ陸上戦のロマンだ！　ってね」

顔を赤くして高山は子供のように叫んだ。

曽根が元ＴＯＭＩＤＡの技術者であったこと、自ら設立した会社が重機専門会社だったことを考えると充分に筋の通った話だった。

敗戦後の日本にあって戦車は一番早くに完全国産化が実現した重量装備品だ。艦艇や潜水艦や航空機の場合、実用化まで莫大な研究開発費と時間を要するが、それに比べれば戦車はずっと手頃だ。戦後初めて開発された国産戦車61式戦車は、一九六一年に正式採用されて全国の部隊に配備された。

それ以降、74式、90式と続き現在は国産戦車の四代目に当たる10式戦車が主力戦車となっている。開発費は五百億円程度で単価が十億円程度と言うのだから、開発に兆の単位が付くのも単価が数千億円を超えるのも珍しくない戦闘機や空母や潜水艦と比べると、いかに開発に着手しやすい装備品かが分かる。

「もしかしたら曽根重機工業も戦車の開発に参入しようとしていたんですか？」

「いや、それはまず無理だろう。日本の戦車開発はいまのところ三菱重工業の独占状態だし、あそこほどのノウハウを持っている会社は他にない。曽根重機の親会社と言っていいＴＯＭＩＤＡは一般乗用車や業務車両が主流の会社だし、そっちにまで手を伸ばすとは思えないな」

「それはそうですけど、だったら曽根会長はただの趣味のためだけにそれだけ熱心だったんでしょうか」

「うーん、そう言われると困るな。もしかしたらずっと先の将来、会社がもっと大きくなったら参入したいという淡い夢は持っていたかもしれないが、息子さんが社長になったことでまずそれはなくなったからね」

「どうしてです？」

「息子さんって人は会長以上に慎重な性格で、ハイリスクなビジネスには絶対に手を出さない人だったんだ。少しでも分の悪い勝負はしないってタイプさ。でもおかげで会社はずっと安定した経営を維持出来てるってわけだから、経営者としては悪くなかったんじゃないかな」

「昨年、息子さんの方が先に亡くなられたんでしたね」

「そうだよ」

「病気で？」

「癌だったそうだ。三、四年くらい前に見つかって、それからずっと治療していたがダメだったたって聞いたな」

だとしたら、後継者を選ぶ時間は充分にあったことになる。重役と株主を親族で固めている会社がなぜまったく血縁のない人間を社長に選んだのか、葉山はその点が気になっていた。

「いまの社長……確か松浦さんでしたね。曽根会長の血縁ではないと伺っていますが、血縁者の中に社長適任者は一人もいなかったんですか？」

「いや、会長の甥っ子が総務部長をやっていて、僕もてっきり次の社長はその人だとばかり思っていたんだ。でも会長の強い希望で、松浦さんに決まったって話だよ」

「なぜです？」

「優秀だからだろう」

高山は何でもないことのようにさらりと言ったが、葉山はそれだけでは納得出来なかった。血縁で固められた組織のトップに他人を据えるというのは、そんな簡単なことではないはずだ。

「松浦さんと言うのはそんなに優秀なんですか？」

「そういう噂だよ。元々はＴＯＭＩＤＡの営業部にいた人間で、中東で飛躍的にＴＯＭＩＤＡ車の売り上げを伸ばした功労者だそうだ。だけどそのときに彼のやり方を巡って上の人間とだいぶ揉めて……まあ、会社での立場はかなり悪かったらしい。結局その実績を買われて、子会社とはいえ曽根重機工業が幹部としてかなりの厚遇で迎え入れたって話だ。役所で言う天下りみたいなもんだな」

「それだけのやり手だったということですか……」

「そういうこと。曽根社長は会社の将来のことを考えて、甥っ子じゃなくて松浦さんを選んだんだろう。何よりも会社の将来を一番に考えていたあの人らしい決断だよ」

そう言って高山は鼻を啜り、それから当たり前みたいに葉山の前にお猪口を差し出した。葉山が酒を注ぐとすぐに口に運ぶ。完全に葉山は給仕扱いだった。

結局その夜は深夜の一時近くまで高山の相手をさせられ、葉山は必要経費で認められそうにない結構な金額の伝票を押しつけられることになった。

## 4

四日ほど経った頃エディから連絡あり、葉山は六本木のアメリカ大使館近くのレストランに呼び出された。ここは大使館員の御用達で、客のほとんどが外国人だ。美人揃いのウエイトレスたちはなぜかエディのファンが多く、いつも奥の個室を使う彼に対して特別な笑顔と関心を向ける。この日も葉山の姿を見つけるとすぐに可愛らしい赤毛のウエイトレスが近寄って来た。

「いらっしゃい。彼はもうお待ちかねよ」

「機嫌は？」

「いいと思うわ。だって、とっても素敵な笑顔で話しかけてくれたの。あなたが来なければ、ずっとあたしとお喋りしていられるのに……ですって」

いつもこんな調子だ。葉山が知る限り、エディが「とっても素敵な笑顔」だったことは一度たりともないが、なぜか彼女たちには不機嫌な顔を見せないらしい。葉山はそのまま奥の個室に向かった。中に入ると、エディは一人で英字新聞を読んでいた。テーブルの上にはA４サイズの白い封筒が無造作に置かれている。葉山が座ると、エディは新聞を見たまま訊いた。

「葬儀はどうだった？」

「ごく普通のいい式でしたよ。故人は経営者としてだけでなく人間としても魅力的だったようですね」

「どんな風にだ？」

「夢のある人だったんでしょう。戦車が大好きで、もしかしたらいつかは自分の会社でも戦車を開発したい、それが出来るくらいに会社を大きくしたいと考えていたのかもしれません。自分や息子の代では無理でも、その次また次の代にはと……」

「向上心と野心は経営者には必要不可欠な要素だ。その両方があったのなら、いい経営者だったのだろう」

エディはそう言うとやっと新聞を閉じてテーブルの脇に置き、葉山を見て「他に収穫は？」と訊いた。

「その前に、なぜ〈会社〉が曽根重機工業を気にしているのか、その理由を教えてくれませんか？　あの会社も死んだ会長も評判は悪くない。だがいい評判の会社に優れた戦車が作れるわけもないし、天下のアメリカがそんなことに脅えているとも思えない。取るに足らない小さな会社じゃないですか」

何がおかしいのかエディは小さく笑った。

「君の分析は、方向は間違っていないが飛躍し過ぎだ。我々は曽根重機工業に新型戦車を開発出来る能力があるとは思っていないし、それが出来る会社はちゃんと別にある」

「それなら何を心配しているんですか？」

「重機の開発に決まってるだろう」

そう言ってからエディは少し声を落として、まるで誰か口説いているのかと思うほどの甘い声で囁いた。「世界のどんな場所でも、どんな風にでも使えるような……例えば乾ききった砂漠や泥沼のジャングルでも耐えられるタフな重機だ」

それを聞いた瞬間、葉山の頭の中で何かが閃いた。高山から聞いた話が洪水のように頭の中に溢れ、そしてすぐにそれらの言葉の全てが一つの場所に集約していった。

現社長の松浦だ。

中東でＴＯＭＩＤＡ車の売り上げを飛躍的に上げたという有能な元セールスマンで、死んだ会長の曽根が次期社長にと望んだ男。なぜ血縁者を退けてまで松浦を社長にしたのか、その理由に気が付いたとき、初めて葉山は死んだ曽根正敏という男の真意が分かった気がした。戦車が大好きだったという男が描いた夢は、戦車を開発することではなかった。重機を戦車にすることだったのだ。

「曽根会長は、重機の持つ底知れない可能性に賭けたってわけか……」

思わず葉山は呟き、エディは満足そうに頷いた。

「彼はただのロマンチストではなく、現実をちゃんと把握しつつ夢を形に変える柔軟な頭と行動力を持っていた。自社の資本では戦車を開発するのは無理だ。しかし戦車や装甲車の代替になり得る重機を開発することは可能だと考えたのだろう。実に興味深い発想だし、経営戦略としては間違っていない」

「しかし、そのことを〈会社〉はどうして知ったんですか？　まさか曽根社長が吹聴して歩いていたわけじゃないでしょう」

そこまで言ってから、葉山はすぐに自分の質問の答を見つけてしまった。「――そうか、陸幕装備計画部か。官民共同の装備品研究会に参加した誰かが曽根社長のとんでもない野望に勘付き、あなたたちにご注進したに違いない。何しろ彼らはそういう企業をどうすることも出来ないし、何の力も与えられてないから米国からの圧力に期待するしかない」

「その辺のことは君の豊かな想像力に任せるが、概ねそんなところだな」

日本の武器輸出三原則はもはや完全に過去の遺物となった。徐々に緩められていく三原則の中で、民間企業は民生用製品の輸出にやっきになっていったからだ。

過去には民生用の観測ロケットのカッパロケットと関連機材がユーゴスラビアやインドネシアで軍事転用されたり、ソ連に輸出された工作機械が軍事技術の技術向上に貢献したりした。要するに軍事用と民生用の堺は極めて曖昧なもので、特に優れた民生用になればなるほど軍事用に転用出来る高いスペックを有している。

割り箸だって鋏だって武器にしようと思えばなるのだから、ロケットや車がならないはずはない。まして重機なら使い方次第で、いくらでも軍事転用出来るはずだ。

特に近年問題になっているのは、中東やアフリカや中南米の非正規軍による日本製車両の軍事利用で、交戦する双方がトヨタのピックアップトラックを活用したチャド内戦などは、〝トヨタ戦争〟とまで呼ばれたほどだ。

だがこれらの会社は最初から軍事利用されることを織り込み済みでロケットや車を開発していたわけではない。たまたまそれが軍事転用に向いていることが想像力豊かな利用者によって発見されてしまっただけだ。しかし、曽根社長はそれを逆手に取って、最初から軍事用の転用を考慮した重機を開発しようと思いついた。

もちろんそれは、いまの日本が真っ直ぐに突き進もうとしている武器輸出大国への道が大きく開けるのを期待してのことだろう。

曽根会長が松浦を後継者に選んだのは、彼は中東でテロリストや反政府軍、政府軍と、誰彼構わずＴＯＭＩＤＡ車を売りまくってきたからだ。松浦は正規軍、非正規軍、民間軍事会社といった中東の紛争地帯に入り込んでいるあらゆる組織に人脈を造り、整備が簡単で悪所に強いＴＯＭＩＤＡ車を宣伝して歩いたという噂だ。手段を選ばないそのやり方が本社の耳に入り、評判を気にする会社上層部と衝突して会社を追われることになった。

だがそれは、いつ死んでもおかしくない高齢に達していた曽根会長にとっては千載一遇のチャンスだった。松浦を幹部として迎え入れ、そしてついには社長の座まで与えることで自分の夢の全てを彼に託した。

「わざわざ僕を葬儀場にやって在日米軍の名を記帳させたのは、会社に対する牽制であると同時に、あの会社の周りを彷徨くゴミ拾いに対しての牽制でもあったんでしょ？　だからご丁寧に〝ACT FOR ME〟と釘を刺したんだ。あれは、自分の代役を演じて連中に警戒心を抱かせて来いという意味だったんですね」

「そんなことを言ったかな」

　エディは呆れるほど白々しく言った。

「しかもあそこに目を付けているのはあなた方だけじゃなかった。おそらく中国も、あの小さな会社がこれからどんな重機を開発する気なのか興味津々で見守っているってわけだ。もしそれが傑作ならば隙を見て横から情報を盗もうと……」

　単価が数千億円もするものを他国に売り込むのは至難の業だ。だが数十万円のものなら簡単に大量に売り込める。そしていま、世界で実際に実戦を行っている部隊や組織や個人が一番欲しがっているのは、すぐに手に入る〝手頃な兵器〟だ。

「そこまで分かっているなら及第点だ。これを持って帰れ」

　エディはテーブルの上にあった封筒を葉山の方に押しやった。中を覗くとCDが三枚入っていた。

「これは？」

「ワン・ソウチャイに関する外事課の取り調べの記録だ。中国のゴミ漁り屋がどんな場所に潜り込んで何を拾っていたか、こちらとしても掌握しておく必要があるからな。そっちでも調書の内容を分析しておけ」

「もう手遅れなんじゃないですか？」

皮肉を籠めて言ったつもりだったが、エディには通用しなかったようだ。

「だとしても、この国で優れたものが出来るなら、それはそれで喜ばしいことだ」

エディは淡々と言い、「我々だけがそれを使えるなら、なおさらいい」と続けた。

「忠告しておきますが、あまり日本の民間企業を舐めない方がいい。彼らは愛国心とビジネスを割り切って考えています。自社の商品が売れるなら、敵でも味方でも関係なく売るのが商売の基本だし、武器商人の神髄でもあります。アメリカが日本に強く要求してきた武器輸出三原則の完全廃止は、この国に新たな武器商人の誕生を許可したのと同じでしょう。彼らをアメリカの掌で転がせるとでも思っているんですか？」

「それはやってみないと分からないだろう。兵器産業がアメリカの重要な産業となっているように、いずれ日本でもそうなるだろうし、高い技術に裏付けされた日本製品にはその潜在能力が充分にある。我々が兵器産業をコントロールしてきたように、日本政府にも同じことが出来るはずだ」

「思い上がりもいいところだ」

葉山は遠慮せずに本音を吐いた。この連中ときたらいつもこうだ。未だにこの国を占領国だと思っている。

「――賭けてみるか、タカシ？」

エディが挑発してくるが、葉山に乗る気はなかった。

「止めておきます。分の悪い賭けはしないと決めていますから」

そう言うとエディは何とも言えない笑みを浮かべて葉山の耳許で言った。

「その賢明さがいつまでも続けばいいが……。君は怖いくらいミスター・オリエンタル《彼》に似ているときがあるから、目が離せない」

その残酷な囁きが、ある日何も言わずに拳銃で自分のこめかみを撃ち抜いた男と同じ血が自分の中にも流れていたことを葉山に思い出させた。

# 第四話　アンノウン・コマンダー

# 1

まだ梅雨を引き摺っているかのように湿度が高くて蒸し暑い水曜日の夜、在日米軍情報機関の末端情報分析官《アナリスト》の葉山隆は、今夜あたり招かれざる客が上がり込んで来ることを予想して、狭いキッチンで二人分の夕食の準備をしていた。実に迷惑なことに、横須賀基地海軍調査軍（ＮＣＩＳ）に勤務する坂下冬樹は、日本に赴任して以来ずっと高田馬場にある葉山の自宅を――許可した憶えがないにも拘わらず――下宿替わりに使っている。だがその理由と言うか事情を充分に承知している葉山は、煩いことを言う気にもなれず好きにさせていた。

在日米軍人は、日本で生活していながら日本の住民票を有していない。在日米軍基地は米国領土と同じであるという認識から、そこで暮らす人間たちの記録は日本の自治体にはまったく残らず、もちろん税金を払う必要もない。従って勤務者たちは、原則として〝米国領土内〟かもしくは定められた外国人住宅地で暮らすことが義務付けられてはいるものの、それが厳密に守られているとはとても言い難かった。

外国人住宅地の住居は企業の社宅みたいなもので、仕事が終わってからもずっと職場の人間に囲まれている環境に厭気が差すのは、日本人でもアメリカ人でも同じだ。

特に家族のいる者や長期赴任者には、基地の外に職場の人間と顔を合わせずに済む一般物件を借りて生活の拠点としている者も多く、特に問題を起こさない限りは米軍も奨励こそしないが黙認しているのが現状だった。何しろ日本勤務は他の国と違って兵士たちのストレスが溜まりやすいと言われており、在日米軍は彼らのガス抜きのために基地内にさまざまな娯楽施設を併設しているほどだ。

とはいっても、フェンスと身内に囲まれた娯楽施設で完全な息抜きが出来るはずもない。プライベートな時間くらい監視の目がない場所で過ごしたいという気持ちは誰もが同じ、特に身軽な独身者はそれが一層強い。

だからどうしてもフェンスの外に出る。一歩でも出てしまうと、そこは危険な誘惑が満ち溢れている極東のパラダイス、ついハメを外してしまう者も少なくはない。だが日本社会は在日米軍人による犯罪に対しては過剰とも言える反応をするし、特に性犯罪容疑は罪状の重さに関係なくマスコミのかっこうの標的になる。そんなわけで、さすがの米軍も独身者の一般物件への居住は、よほどの事情がない限りは許可しない方針に転換していた。

素行と性格に多々問題があっても軍に対してだけは一点の曇りもない忠誠を尽くしている坂下は、そういう連中を捜査し逮捕する海軍調査軍捜査官という立場だ。他の連中のように服務規則に反してこっそり基地の外に部屋を借りるような真似は死んでも出来ない。そこで、実は米軍関係者でありながら表向きは民間の日系外国人として米軍基地とはまったく別の場所に生活の基盤がある葉山の部屋が、都合の良い隠れ家にされてしまっているというわけだ。

　思った通り夜七時を過ぎた頃、坂下がまるで自分の家に帰宅したかのごとく黙ってドアを開けて入って来たとき、まるでそれを待ち構えていたようにテーブルの上に置いてあった葉山の携帯電話が鳴った。『極東ジャーナル』の編集長で葉山の上司の一人、野口麻子からだ。

「もしもし、葉山君？」

「はい」

「いま自宅？」

「そうですけど」

「だったらすぐに新宿署に行ってちょうだい。わたしはまだ出張先の茨城で、東京に戻るのは遅くなる。君の方が早い」

　野口は少し苛ついたような早口で言った。

「分かりました。急ぎのようですが、何かあったんですか？」

「鼠がかかったらしい。それもでっかいのが。大急ぎで罠から出して来て」

「なるほど。でも大きいなら電話で済むんじゃないですか？」

「そうもいかない事情があってね。もしかしたら金が必要になるかもしれないから、そっちの交渉も頼むわ。編集部の金庫の中に少しばかり入っているから、全部持って行って。どうせ戻って来るお金だし、額についてはあまり気にしなくていいから。わたしが行くのが一番なんだけど、いまからじゃ間に合わない。君に押しつけて悪いけど、こういう話は、時間が経つほど厄介になるものだから初動がすべてよ。いい、出来るね？」

野口は念を押すように厳しい声で訊いた。

「何とかやってみます」

「君は押しが弱いし顔は甘い。舐められないようにサングラスで顔を隠して行きなさい。今回は絶対に引いちゃダメ、何としても押し切るのよ」

それだけでだいたいのことは察しがついた。野口が茨城では、こっちにお鉢が回って来るのも仕方のない話だ。

「分かりました。すぐ行きます」

葉山はそう言って電話を切り、手にしていたトングとインスタント食品の箱を坂下に押しつけた。

「来るなりこれか」

坂下はトングを持って文句を言っているが、聞いている暇はなかった。

「人の家を下宿替わりにしてるんだから文句を言うな。急ぎの仕事が入ったんだ」

葉山はそう言って、箱の裏にある説明書きを指した。「いま作り方3まで、続きは頼む。海軍式の濃い味付けにするなよ。それから、これ貸して」

返事を聞く前に、葉山は坂下のTシャツの胸元にぶら下がっていたレイバンのサングラスを外した。それから急いで着替えるとサマー・ジャケットを握りしめて部屋を出た。

鼠がかかる——文字通り、米兵という鼠が日本の警察の罠にかかってしまったことを表す隠語だ。元々はスピード違反を取り締まる〝鼠獲り〟が由来らしいが、被害者がいない交通違反程度のことなら、日米地位協定がある限り警察が米軍人を引き留めることはまずない。言葉は悪いが見て見ぬふりだ。これは自衛隊員に対しても同じで、警察と米軍と自衛隊の間にはそれぞれにしか分からない暗黙の了解がいくつも存在している。だがそれはあくまでも微罪であることが前提で、被害者がいたり極めて悪質だったらそうもいかない。日本の警察とて面子があるし、それまで見逃したら警察権威に傷が付く。

野口との短い会話から推理すると鼠は大物、つまり在日米軍のCOMMISSIONED OFFICERS（士官）で、おそらく佐官かそれより上のクラス、そいつが日本の警察が黙って見過ごせない何かをやらかしたに違いない。急いで行けということは、いまのところまだ事態は明るみに出ておらず、その前に何としても身柄を引き取って日本の警察の手が届かないフェンスの向こうに押し込めろということ、金が必要と言うのはおそらく示談の手打ち金か口止め料といったところだろう。

そしてこれが一番重要なところだが、鼠を逃がすために米軍や大使館関係者ではなく、警視庁ＯＢの野口を動かしたところを見ても、この件に何か特別な事情がありそうなのは明らかだった。


西新宿六丁目にある新宿警察署は日本最大の警察署だ。警視庁警察署の中でも群を抜く署員数を誇るだけあって、十三階建ての堅固なビルは、夜だというのに人の出入りも賑やかさも昼間とまったく変わらず、それが良いか悪いかは別にして、他にはない荒んだ活気に満ちていた。まさに〝二十四時間眠らない警察署〟という雰囲気だ。

一階の受け付けで野口麻子の代理を名乗った葉山の応対に出て来たのは、新宿警察署警備課外事係の月形陸朗という六十歳手前くらいの、小柄だが何とも言えない独特の凄みを醸し出している警部で、グレーのサマージャケットを羽織って夜にも拘わらずサングラスをかけたままの葉山をいまにも噛みつきそうな険しい目つきで睨みつけている。名刺の交換はしたが握手はなし、野口が言ったようにサングラスをしておいて良かったと葉山は思った。こんな怖い目で睨まれても平気なほど強い心臓は持っていないが、いまだけはそれを見破られないように、なけなしの虚勢を張るしかない。

月形警部からことの経緯を聞いて、やっと葉山はだいたいの事情が呑み込めた。ここに拘留されている大きな鼠の名前はネルソン・ジレンホール。歌舞伎町のホテルで連れの女性と揉めた末に暴力を振るった。バスルームに駆け込んだ女性がすぐにフロントに助けを求め、フロントにいた女性が驚いて、たまたま運悪く（女性にとっては幸運だった）付近をパトロール中だった交番の警官を呼んだために、その場で傷害容疑の現行犯で逮捕された。日本語と英語の両方の質問にまったく答えず黙秘状態だったために所持品を調べたところ、在日米軍発行の基地内運転許可証を所持していたために、新宿署はすぐさま在日米軍指令部がある横田に身許の照会を求める連絡を入れた。その結果、横田が動いたというのが真相のようだ。

「ネルソン・ジレンホールが我々の関係者であることは認めますが、日米地位協定の取り決めにより、それ以上の個人情報についてはお答えする義務はないはずです」

葉山はこういった場合のマニュアル通りに、極力事務的に日本語で言った。

「なるほど、いつものやり方ですか。葉山さんとおっしゃいましたが、失礼ですが野口とはどういうご関係で？」

歳も近いようだし、呼び捨てにしたところを見るとかつての野口の同僚なのかもしれない。横田が野口を選んだのはそれが理由かもしれないし他の理由かもしれないが、本当のところは分からなかった。そんなことより、いまは自力でこの状況を乗り切らねばならない。

「さっきも言ったように僕は野口の代理という以外は申しあげる必要はありません。それより相手の女性ですが……」

いまの時点では「被害者」という言葉は使わない。これもマニュアル通りだ。月形は渋い表情で葉山に事件の概要を殴り書きにした紙を差し出した。この先の展開は分かっている、どうせ日本の警察はどうすることも出来ない、それが面白くないと顔に書いてあるようだった。

「女は歌舞伎町の風俗店の従業員だよ。店外デートの話がまとまって一緒にホテルに行ったはいいが支払いの段階で男が値切った、それで口論になったらしい」

「値切ったですって？」

思わず葉山は問い返した。いくら何でも大きな鼠がそんな真似をするなんて……。

「所持金はかなりあったんだが全部ドル紙幣で、円はあまり持っていなかったようだ。男は手持ちの円を全部女に渡して、足りない分はドルで払うと言って百ドル紙幣を出した。ところが女はドルなんて使えないと言ってあくまでも円での支払いを要求した」

「それで喧嘩になったってわけですか」

あまりに下らない。それでこの騒ぎとは……葉山は大きなため息を吐いた。「それで、幾ら足りなかったんですか？」

「女は七千円くらいって言ってたな。男に払う気はあったんだから普通ならそんなに熱くなることもなかったんだろうが、マズいことにどちらもかなり酔っていた。酒だけならいいがね」

月形は意味ありげな目つきで葉山を見ている。薬物の使用も考慮する必要があると言いたいのだろう。それにしてもドルにすればたった七十ドル程度のことでこの始末だ。女が素直に百ドル紙幣を受け取っていてくれればと思わなくもないが、だからと言って暴力を振るっていいという理由にはならない

「ご存知とは思いますが、我々の許可なく米軍関係者に対して尿検査を行うことは認められません。必要ならば、こちらで行います」

葉山はぴしゃりと言い、月形は厭そうな顔で苦笑いをした。

「そんなことは分かってるよ。どうせ何を言っても無駄なんだろうから、そんな必死にならなくてもいいだろう」

「すみません。慣れてないものでつい……」

「だと思った。野口ならこんな話は一瞬で終わらせるよ」

「その通りです。それで、女性の怪我はどの程度なんでしょうか」

「気になるなら見て来たらどうだ。別室でまだ婦警が調書を取っているはずだから」

と言うことは、救急搬送されるような大怪我ではないということだ。自力で動けて話も出来るならさほどの問題はあるまい。とはいっても無視も出来ない。葉山は先ほど月形から渡された紙に視線を落とした。汚い字だが、ちゃんと女性の名前と勤務先、電話番号が書いてある。何と言うか、至れり尽くせりな感じだ。

「訴える意志はありそうですか？」

「いまのところなさそうだが、男の素性を知れば騒ぎ出すかもな。何しろ、このことを知ったらいろいろ吹き込む連中が大勢いるだろうから」

厭味たっぷりな言い草だが、気持ちは分かる。立場が逆なら自分だって同じ気持ちのはずだ。

「そうですね。――ところでマスコミには？」

「この程度のことでマスコミは動かないよ。もっとも男の素性を知れば別だろうけどな。あんたが来るのがもうちょっと遅かったら、どうなっていたか」

どこまでもネチネチと厭味だが、その気持ちは充分に分かるし、冷静に考えれば理不尽を通そうとしているのは自分たちの方だという自覚が、少なくとも葉山にはあった。

「漏れる可能性はないでしょうね」

「いまのところは大丈夫だろう。女の方は男のことを観光客だと信じているみたいだし、彼女がそう思ってるならうちから男の素性をマスコミに漏らすなんてことは絶対にない」

「そうですか」

少しほっとした。葉山を睨んでいた月形の表情が少し崩れ、それからさっきまでとは違う声で訊いてきた。

「あんた、本当に大丈夫か？」

「何とか……かなり、ぎりぎりですけど」

葉山は素直に答えてから、しまったと思った。

「ぎりぎりって……。それでよくあの野口とやってられるね。あの女なら今ごろ頭ごなしに俺たちを抑えつけてるぞ」

「僕もそう思います」

月形は呆れたような目で葉山を眺め、それから小さなため息を吐いて言った。

「相手の女と交渉するなら早い方がいいぞ。時間が経てばいらんことまで考え始める。うちは誰も立ち会わないしいっさい関与しないから、さっさと話を付けてくれ。あっちも素人じゃないんだから、見舞い金さえ出し渋らなきゃ何とかなるだろう。ちらっと見ただけだが、どうあっても警察とは関わり合いになりたくなさそうな感じだったから、話は早いはずだ」

「そうですか。いろいろ気を遣っていただいてすみません」

気が付くと、葉山は月形に頭を下げていた。


女は大島りいざと名乗ったが、こうした商売の鉄則なのか身許を証明するようなものは何も持っていなかった。従って本名かどうかは分からない。二十六歳ということだが、まるで女子高生のような服を来て、髪型は乱れたツインテールだった。左目下から頬にかけて腫れていて唇の端が切れて、そこに血が固まっている。短いスカートから伸びた脚にも打ち身と思われる痣があったが、どうやらそれ以上の外傷はなさそうで、暴力による酷いショック状態という感じはなかった。

こういう場合、どう言って切り出せばいいのだろうか？　葉山は少し悩み、それから「大変でしたね」と日本語で声をかけた。りいざは顔を上げて不思議そうな表情で葉山を見ていたが、やがて大きく一つ息を吐いた。その息はかなり酒臭かった。

「ホント、勘弁して欲しいよ」

「だいたいの事情は聞きました。彼が酔って口論の末にあなたを殴ったとか。お酒は二人で飲んだんですか？」

「そうよ。だって言葉が通じないから、あんまり会話が出来ないし、ちょっと飲めばノリが良くなると思ってさ」

「ノリ？」

「プレイのノリよ。だってプレイしたいからこの格好をリクエストしたんでしょ？マネージャーから『ＪＫ、ソフトＳＭ、接待』って言われたんだもん。プレミアからの紹介で良客、しかも久しぶりに中国じゃない外国人ツーリストだって聞いて安心してたのにさ、金が足りないなんて、しかも逆ギレして殴るなんてサイテー」

りいざは狭い部屋に酒臭い息を振り巻きながら回らない舌で喋っていたが、それでも会話が出来ないほどの泥酔ではなかった。

「金がなかったわけではなく、あなたが頑なにドルを受け取らなかったことが今回の原因の一端だと聞いています。また彼が酒に酔っていたのはあなたの責任でもあります。改めて不足分の料金と、それと軽いとはいえ怪我をさせてしまったことに対する見舞い金をお支払いする用意があります。あなたがこちらの条件を呑めば……ですが」

言葉の真意が伝わったのかどうかは分からないが、りいざは焦点の合わないとろんとした目つきで、葉山よりも机の上に置かれた現金の束を見つめていた。

## 2

翌日、葉山は詳細には出来るだけ触れずに、結果だけを野口に報告した。ジレンホールの身柄はすぐに釈放され、昨夜の内に横田基地に預けられた。おそらくいまは内部調査班が事情を聴取して処分を検討しているはずだ。大島りいざには昨夜の内に百万円という見舞い金を渡して、被害届けは出さない、この件についてはいっさい口外しないという念書を取った。もちろんこんな念書に法的効力はまったくなく一種の保険でしかないが、女が金を受け取ったという証明にはなる。昨夜の感じでは、りいざはああした経験は初めてではなく、むしろ見舞い金なんか貰ったのは初めてだと喜んでいたくらいだから、蒸し返す可能性は極めて低いように思えた。

とりあえず望んだ方向で決着が付いたことに満足したのか、野口はそれ以上詳しいことは訊かず「ご苦労さん」と言っただけだった。横田からもそれっきり礼や文句といった電話すらなく、二日、三日と経つうちにネルソン・ジレンホールの名前はゆっくりと葉山の頭から消えようとしていた。それを再び浮かび上がらせたのは、新宿二丁目のゲイバーで働いている弟の吾郎からのメールだった。

――さっきゴールデン街の近くのエッチな店で坂下さんを見かけたよ。こっちは同件だったから声かけなかったけど。昼間からあんなところに行く暇があったら、うちの店に来てって言っといて。いっぱいサービスしちゃう！

葉山は散りばめられた奇妙な顔文字やハートマークは全部無視して、メールの内容にのみ集中した。

おそらく吾郎は、坂下がゴールデン街近くの風俗店に出入りしているのを見かけて、早速兄に注進してやろうと、それでこんなふうに書いて寄越したのだろう。

坂下が風俗店に出入りしていても何ら不思議はないが、昼間わざわざ横須賀から新宿まで出向いてくるほど遊ぶ場所に拘っているとは思えないし、何よりその場所にある風俗店は葉山にも心当たりがあった。ジレンホールが殴った女、大島りいざが働いている店だ。

——あの件はもう解決したはずなのに、なぜ海軍調査軍が調べる必要があるんだ。

まず最初に頭に浮かんだのはそのことだった。横田も野口もあれっきり事件には触れず、葉山にはジレンホールの所属や階級すら教えてはくれなかった。本人も黙秘のままで、釈放に骨を折った葉山に一言の礼も言わずに横田基地のゲートをくぐって行った。坂下が調べているなら、彼は海軍の人間ということか？　しかし、なぜいまだに調べる必要があるのだろうか。

もしかしたらりいざの気が変わり、被害届けを出すと言い出したのか……。だとしても彼女を殴ったのがジレンホールだという証拠はもうどこにも残っていないはずだし、おそらく警察も簡単に受理はすまい。そのことは横田の司令部も知っているはずだ。

「野口さん、ちょっといいですか」

一心不乱といった形相で調査書と格闘していた野口は、作業を中断して顔を上げて迷惑そうに葉山を見た。

「何？」

「先日の鼠の件ですが、僕のやり方に落ち度があったんでしょうか？」

一瞬、野口は不思議そうな顔をした。

「別に。あっちから何も言ってこないんだから、何事もなく終わったんでしょう。それとも何かあったの？」

野口はさらりと何でもないことのように言い、その言葉で葉山は少しほっとした。野口が知らないということは、少なくとも横田が葉山の仕事ぶりに不満を持ったわけではなさそうだ。だとしたらジレンホール自身に、あの事件とは別の何かがあるということになる。

「野口さん」

「まだ何かあるの？」

腹立たしそうに野口が訊いた。

「早引けしてもいいですか？」

「どうぞ。助かるわ」

野口はほっとした表情で容赦なく言った。そういえば、ここに勤めるようになってけっこう年月が経つが、これまで一度たりとも「君がいないと困る」と言われたことがないことに葉山は気が付いた。


『極東ジャーナル』を早退した葉山は、坂下にメールをしてからその足で新宿警察署に向かい、先日会った月形警部補に面会を求めた。五階の小さな別室で待っていると月形が入って来たが、葉山を見たとたん先日は見せなかった人間味のある表情になった。

「今日はまた何だい？　あの件は無かったことになったはずだが」

「すみません。ちょっと訊き忘れたことがありまして」

そう言うと月形は笑った。

「この間とは随分違うな。学生みたいな格好をしているから、一瞬誰かと思ったよ。サングラスを取るとえらく若いじゃないか」

ネイビー・ストライプの麻のシャツに色褪せたデニム、白いスニーカーという今日の自分の格好を葉山はすっかり忘れていた。

「仕事帰りなんです。それよりジレンホールの件ですが、あの日彼の所持品を調べられましたよね？」

「そりゃ当然だろう。本人が黙り込んで何も言わないんだから、身許を知るためには仕方ないじゃないか」

「それはいいんです。所持金ですが、円はなかったがドルはけっこう持っていたと言われましたよね。どのくらいあったんでしょうか？」

「正確に数えたわけじゃないが、財布がパンパンに膨れるくらい……紙幣が四十枚以上はあったんじゃないかな」

「全部百ドル紙幣でしたか？」

「そこまでは見てないが、俺が目にしたのは全部百ドル紙幣だった。女に渡そうとしたのも百ドル紙幣だ」

だとしたら、ジレンホールは金を持ってないわけではなかった。それだけあったドル紙幣の一枚でも両替していれば、あんな騒ぎは起きなかったはずだ。

「そもそも彼はなぜあの店に行ったんでしょうか。常連というわけじゃなさそうだし」

「女の話では初めての客で、ネット予約だったそうだ。最近はどこもネット割引ってのをやってるからね」

「そういう店の従業員は、簡単に店外デートに応じてくれるものなんですか？」

そう訊くと月形は世間知らずの学生でも見るような目つきで、どこか得意げな笑みを浮かべた。

「あの店は風営法上の分類はヘルス、つまり本番はナシが建前だが、いまどきそれじゃやっていけないってんで、〝アフター〟ってのをやってるんだよ。仕事が引けた後の個人的なデートとは言ってるが、要するに成人同士が仕事外の場所で何をしようが店はいっさい関係ないと、そういう煙幕さ」

「ああ、なるほど。それもネットで決められるんですか？」

「そうだ。いまや女の顔やスタイル、ナース、女子高生、バニーガールといった服装から使うおもちゃまで、オプションとして全てネットで指定や予約出来るんだ。ピザのトッピングみたいなもんで、一つ加える度に幾ら割り増しになりますよって感じにね。昔と違ってぼったくりなんぞしようものならすぐさまＳＮＳで評判が広がっちまうし一発で営業停止だから、どこも明朗会計の優良店であることをアピールするのに必死なんだよ」

さすがに日本一の歓楽街、歌舞伎町を管轄する新宿署の警察官で、何でも良く知っているものだと葉山は素直に感心していた。

「だから日本にあまり詳しくない外国人観光客でも一人で安心して遊べるってわけで

すか」

「そういうこと。ここ十年で風俗業界の客層は大きく変わちまって、いまは観光客が非常に多い。特に日本のＡＶが大人気の中国からの客は風俗店にとってはありがたい限りだ。そういう連中にとってネットは必要不可欠なんだろう」

「国境を越えなくてもネットで予約が可能ってわけですか。ジレンホールが、いつ頃どこからその予約を入れたかとか……さすがにそこまでは分かりませんよね？」

「当たり前だろ。ろくに取り調べる時間も与えなかったのはそっちだぜ」

そう言ってから月形は、ふと穏やかな口調になった。「そういや、女は前日に予約が入ったと言っていたよ」

「前日ですか」

かなり酔っていたとはいえ、葉山がりいざから聞いた話と大きな相違はない。いまのところ、ジレンホールはただ思いつきで歌舞伎町に遊びに行き、そこでたまたま支払いの円が足りずに女と口論になったとしか思えなかった。だが、それほど明朗会計の優良店ならば、ネット予約した際にどの程度の金が必要かは分かっていたはずだ。金額は分かっていたが、ドルも使えると勘違いしていたのだろうか。しかしいくら何でも、実は観光客ではなく日本に駐留している男がそんな勘違いをするだろうか。

「わざわざそんなことを訊きに来るなんて、あの男に何があるのかねぇ……」

ふと気付くと、月形が探るような目つきで葉山を見ていたが、それ以上しつこく訊いてこないのは分かっていた。多忙な日本の警察が、自力ではどうにもならないことを深く追及するはずがない。

「あるのかないのかは僕にも分かりません。何も教えて貰えないという点ではあなた方とまったく同じですから」

それを聞いたとたん月形は目を丸くして葉山を見た。

「あんた本当に米軍の人間？」

「見えませんか？」

「外見は見えるが、米軍にしちゃ、いささか初心《うぶ》過ぎないか？」

「初心と言うより臆病なだけですよ。僕には職業軍人みたいな度胸も、野口さんのような押しの強さもなくて……」

葉山がそう言うと、突然月形は腑に落ちたように「あー、なるほどね」と漏らした。

「食中植物みたいに、相手が自分の懐に誘い込まれるまでじっと待ってるっていう一番厄介なタイプか。確かに、あんたからはそういういろんなものを惹き付けるような匂いがするよ」

葉山はどう言っていいか分からず、ただ困ったように微笑むしかなかった。

新宿警察署を出ると、通りの向こうに立っている、メールを読んで待っていたであろう坂下が見えた。洗いざらしのシャツに擦り切れたジーンズと履き込んだアーミーブーツというういつもの格好は、新宿という猥雑な、だが妙な爛れた魅力がある街に溶け込むように馴染んでいた。日本で坂下と肌を合わせる女たちが疑いもせずアクセサリーだと思い込んでいる、いつも首から提げている認識標は、彼の場合紛れもない本物だ。

葉山は急いで横断歩道を渡り、坂下に「待った？」と訊いたが返事はない。なぜ自分が新宿にいることを知っているのか、そんな顔をしている。

「浮かない顔だな。せっかく風俗店に行っても聞き込みだけじゃ面白くないってか？」

「何が言いたいんだ」

「言いたいことはないけど、訊きたいことはあるんだ。今回の件は僕だってまったく無関係ってわけじゃないんだし、ちょっとくらいサービスしてくれても罰は当たらないだろう。この間、飯だって作ってやったんだし」

「作り方3までだ。4からは自分でやった」

確かに4からは坂下が自分で作り、自分できれいに食べて葉山の分はなかった。しかしこの際細かいことには拘らないことにした。

「ジレンホールは海軍所属なの？」

坂下は諦めたように小さく一つ息を吐くとポケットから出した煙草に火を点け、ゆっくりと歩き出した。

「海兵隊、所属はキャンプ・フォスターだ」

「沖縄の瑞慶覧《ずけらん》か。階級は？」

「中佐」

それが本当なら、確かに横田が見過ごせないくらいの大きさの鼠ではある。

「あの事件はケリが付いたのに、どうしてまだ海軍調査軍があれこれ調べてるんだ？」

「さあね。それは上に……エディに訊けよ」

坂下は面白くなさそうに吐き捨てた。その表情を見る限り、どうやら嘘ではなさそうだ。

「エディは何を知りたがっているんだ？」

「奴は四日前に沖縄から演習関係の会議に出席するために横須賀に来た。二日間の会議が終わり、その後一週間の休暇を取っている」

「すると、事件を起こしたのは休暇の二日目か」

「そうだ。そして上は、奴の休暇中の足取りと何に幾ら金を使ったかを知りたがっている」

「けっこう使っていたの？」

「まあな、かなり派手に遊んでいたようだ」

「全部風俗？」

「おそらくそんなところだろう。さっきの店のマネージャーの話では、日本語が読めないジレンホールの代わりにネットで予約を入れてきたのは〝プレミア〟と呼ばれる常連客だそうだ。あんな店で本名を名乗る奴はいないから、客は登録名で呼ばれている。ジレンホールの携帯にはそいつとのショートメールのやり取りが残っていて、そいつから日本の風俗店やＡＶ女優を紹介してもらっていたようだ。だが面識はなかったらしい。まあ、それ自体はよくあることだ」

坂下の言う通りだった。兵隊が駐留先でＳＮＳを通じて友人を作るのも現地の風俗店を梯子して歩くのも、日本に限ったことではない。世界中どこでもやることだが、それには金が必要なのもまた日本に限ったことではなかった。

とりあえず、いまの話で分かったのはジレンホールは自分で店に予約を入れたわけではなかったので、どのくらい円が必要かをきちんと掌握していなかったということだけだ。

「どのくらい使ってたんだ？」

「いま分かっているだけで、二日で百万円ちょっとくらい」

するとジレンホールは休暇に入る時点で、最低でも日本円にして二百万円近い現金を持っていたことになる。葉山は不機嫌な顔で煙草を吸っている坂下の腕を掴み、横から顔を覗き込んだ。

「上が本当に知りたがっているのはジレンホールの金の使い道なんかじゃなくて、その金の出所じゃないのか」

「――まさかお前、知ってるのか?」

一瞬、坂下の目がさっきまで会っていた月形と同じような鋭い輝きを放った。どうやら猟犬の目つきに日米の差はないらしい。

「知らない。でもやっぱりそうか」

自分の読みが当たったことに葉山は少しだけ満足した。「中佐とはいえ一介の軍人が持ち歩く額としては大きすぎるし、百ドル札ばかりというのも不自然だと思ったんだ。今回の事件での横田の動きの早さや、女の件が片付いても横田が彼の調査を続けている理由は、間違いなくその金の出所だな」

「だとしても、それを調べるのはお前の仕事じゃない。余計なことに首を突っ込むとエディが黙ってないぞ。忠告はしたからな」

坂下の言う通りだったが、もう遅かった。あの鼠を罠から放してやったのは自分だ。最後まで鼠の運命を確かめたいと思う気持ちを抑えつけることなど、葉山にはとても出来そうにもなかった。

# 3

ジレンホールのSNS上の友人である〝プレミア〟は、錦康一郎《にしきこういちろう》という五十過ぎの小さなアダルト映画制作会社の社員だった。顧客に関して店のマネージャーの口は非常に固く、坂下の強面を持ってしても何も訊き出せなかったが、りいざに頼み込んで、店からこっそり顧客情報を持ち出してもらったのだ。もちろん金を払ってだが。

　錦は風俗店情報を交換するSNS上でジレンホールと知り合い、一年ほど前から頻繁に店や女の子の情報を彼に流してはいたが、面識どころか電話で言葉を交わしたことすらない。ジレンホールは自分の身分を日本駐在のビジネスマンと説明しており、錦もそれを信じていた。錦の紹介で誰かが店に行くと、一人につき幾らかの紹介料が店から支払われるということで、熱心に情報を流しては日本語が出来ない彼に代わって予約やホテルの手配まで引き受けていたらしい。錦はこう見えても英語も中国語もそこそこ出来るらしく、あちこちの風俗店から重宝されているという話だ。

「月に一度か二度は、必ず俺が紹介した店に行って、かなり派手に遊んでいたって聞いてますよ。払いは必ず現金で絶対にツケはしなかったから、持ち出しの不安がなくて女の子はみんな大喜びだったね。店からも『良客を紹介してくれてありがとう』って、こっちまで感謝されちゃってさ」

事件のことを知らないらしい錦は得意げにそう葉山に話した。

「一ヶ月にどのくらいの額を使っていたんでしょうか？」

「本人に聞いたわけじゃないから正確には分からないけど、かなりアフターも頼んでいたようだし、気にいった女が見つかると店を通さずに個人的に金を払って特別なプレイをやらせていたってことだから、四、五十万円、月によってはそれ以上使っていたんじゃないかな。とにかくすごく金回りは良さそうだったね」

「彼は金回りがいい理由を何か言っていませんでしたか？」

「チャットでそんな話になったことがあったな。ユーは大金持ちだなって誰かが言ったんだ。そうしたら、『日本にいれば幾らでも金が入る』とか、そんなことを言っていた」

「日本にいれば……確かにそう言ったんですね」

「ああ。だからずっと日本にいたいと言っていた。女房と別れていま自分は独身だし日本は楽しいと」

奇妙な話だった。日本に駐留する米兵の給料が他に比べて特に高いというわけではない。むしろ物価が高い上に円高の昨今、昔と違って日本での米兵の給与の価値はかなり低くなっている。さらに言えば、ジレンホールの勤務地である瑞慶覧の周囲は山と海しかないようなのどかな田舎だ。特別手当が付くわけでもない。坂下の話では彼が高収入のサイドビジネスをやっていたという痕跡は一つもないと言うし、親からの莫大な遺産などもない。本国にいる離婚した妻には毎月、二人の子供の養育費を送っている。

これらのことから推理して辿り着く結論は一つしかなかった。ジレンホールは強盗や横領といった類の犯罪行為に手を染めていたに違いない。

「僕は横領だと思う」

葉山は新宿の、いまだに店内喫煙が可能な希少価値の高い安い居酒屋で坂下と一緒に食事をしながら小声で言った。「彼の勤務地周辺で強盗なんかあったらすぐにニュースになるからそれはまずない。基地内での窃盗、強盗ならＭＰが捜査しているからこれもない。だとしたら一番可能性が高いのは横領か賄賂だ。ジレンホールはそれに絡んでいたからエディが動いているんじゃないのかな」

「それはそうなんだが……」

坂下はビールを飲み、そしていま一つ煮え切らない表情を見せた。

「何か気になる？」

「そもそもキャンプ・フォスターみたいな小さな基地のどこでそんな金が動くのかと思ってな……。賄賂たって何のための賄賂だ。だいたい中佐と言ってもジレンホールの肩書きは司令部総務付きだ。基地に出入りする業者とはまったく縁のない部署にいる奴に賄賂を贈って何の得があるんだ？」

「司令部総務付きって初めて聞くけど、どんな仕事なんだ？」

「俺も知らないが、横須賀にはそういう部署はない」

「だったらキャンプ・フォスターに問い合わせてみたらいいじゃないか」

「とっくにしたが、司令部総務のサポートという返答だった」

「つまり教える気はないってことか……。それでジレンホールの処分は決まったの？」

「まだだが、ジレンホールは軍に対する重要な犯罪を犯したとして拘留されているから、かなり厳しい処分になるだろう。いずれにせよ極秘に処理される可能性が強い。上の連中はこの件をどこにも漏らさずにひっそりと処置してしまうつもりのようだ」

「そうか……」

　これ以上はいくら調べても無駄だということらしい。それでも葉山は、自分が逃がした鼠が何をしたのか知りたいという欲求を忘れることは出来なかった。


　一週間ほどして、葉山はエディに呼ばれて横田基地の司令部内にある彼のオフィスに向かった。今日も外は蒸し暑かったが、司令部内は冷房が効いてひんやりと涼しく、汗一つかいていないエディのデスクに置かれたコーヒーからは湯気が上がっていた。

「ネルソン・ジレンホールの処分が決まった」

　エディは葉山の顔を見るなりなぜか嬉しそうに言った。「本来君に話す必要はないことだが、フユキから君が夜も眠れないほど気に病んでいると聞いてね」

　嘘だ、坂下がそんなことを言うはずはないと思ったが、この際葉山は黙って聞くことにした。これが陰険な上司の気紛れであろうと、ジレンホールの処分内容を知りたいという気持ちには勝てなかった。

「それでどんな処分が？」

「不名誉除隊」

　最も重い処分だ。不名誉除隊処分を受けることは軍隊で最も恥ずべきこととされているのだから。しかもこの処分を受けた者は、依願除隊した退役軍人が受けられる利益の全てまで剝奪される。退職金や軍人恩給は支払われずに、再就職にも極めて不利だ。つまりジレンホールはそれだけの罪を犯していたということだが……。

「彼はいったい何をしたんですか？　横領や賄賂の授受だけでそれだけの処分が下るとは思えませんが」

　葉山は思い切って訊いた。

「ネルソン・ジレンホール元中佐は、キャンプ・フォスター司令部ＨＮＳＯの担当士官のトップに当たるポストにいた」

たったそれだけの言葉で、葉山の頭の中に散らばっていた全てのピースが、はまるべき場所にぴったりとはまった。

ＨＮＳＯは日本に対しては存在することさえ公表されていない部署だ。日本政府から在日米軍に提供される、正式には「日本国とアメリカ合衆国との間の相互協力及び安全保障条約第六条に基づく施設及び区域並びに日本国における合衆国軍隊の地位に関する協定第二十四条についての新たな特別の措置に関する日本国とアメリカ合衆国との間の協定」によって支払われる、短く言うと「思いやり予算」と呼ばれる年間二千億円近い金の使い道を決める担当部署の一つだ。

これだけの金がいったい何に使われるのか、日本側には知る権利も調べる権限も与えられておらず、それ故に常に日本の野党からの攻撃対象となっていた。

勤務者及びその家族の生活環境整備サポートだけに留まらず、私用で使う車両の提供、ボウリングやゴルフ場や映画館といった娯楽・保養施設、さらには日本人従業員に貸与される制服や備品までこの「思いやり予算」から捻出されていることが、これまで何度となく国会質問やマスコミに指摘されてきた。彼らは日本国民の血税である金の使い道の詳細を公表せよと迫り、不適切な支出に税金を出すべきではないと叫ぶが、いくら騒いだところで先の協定がある限りは日本政府はどうすることも出来ない。

ＨＮＳＯは日本に対しては存在しないとされている部署だ。つまりジレンホールはないはずの部署の、いるはずのない責任者の一人だった。絶対に表に出せない存在なのだ。

「それじゃあジレンホールが持っていた金の出所は……」

「それ以上は言うな」

エディは葉山の言葉をぴしゃりと遮り、代わりに気味悪いほど穏やかな声で続けた。

「それについてはいっさい公表することはないし、わずかでも外部に漏れることがあってはならない。これは日本政府にはまったく関係のないことだし、また口出しをされるようなこともない話だ。我々の問題だ」

確かに協定に基づけばそうだが、日本の国民感情がそれを許すはずもない。だから横田はことの始末を急いだのかと納得したが、次の瞬間、突然別の疑問が葉山の頭に浮かんだ。それなら野口でなくとも、もっと適任がいたはずだ。なぜ横田はわざわざ野口を選んだのだろうか。

そう思ったときだ。エディがさっきまでとは違う含みを持たせた優しい声で「タカシ」と呼びかけた。

「何の役にも立たない君の好奇心を満たしてやるのは不本意だが、今後のこともあるので一つ教えておこう」

「何ですか？」

「野口を動かしたのは我々じゃない、日本側だ」

「まさか……」

その一言は、決して小さくないショックとある種の失望を葉山に与え、同時に今度こそ本当にあらゆることが全部腑に落ちた。

今度の一件では、在日米軍に対して「思いやり」と言う名の限りない譲歩を与えている側が、それを一番日本国民に知られたくないと思っていたわけだ。確かに、仮にジレンホールの風俗店での遊びの金が日本国民の血税であったとしても、困るのは在日米軍ではなく日本政府だけだ。国民も野党も米軍ではなく、政府を責めるだろうから。

そして野口は、おそらく誰が自分を選んだのかを知っていたに違いない。知っていながら事態の収束を最優先して葉山には何も告げなかった。そしていまも何も言わず、何事もなかったかのような顔で一緒に仕事をしている。

聞かなければ良かったと葉山は思い、完全にそれを見抜いたようにエディが追い打ちをかけてきた。

「彼らは警視庁ＯＢの野口を当てにしていたんだろうし、おそらく彼女ならその期待を裏切ることなく完璧にやりきっていただろう。だが運悪くその日彼女は東京にはおらず、一番動かしたくない君が動いてしまったことは、日本側にとってもまったく予期していなかったアクシデントだったに違いない。おかげでわたしまで、しなくてもいい話を君にするハメになった。ジレンホールの財布にわずかな円が不足していたばかりにね」

エディはそう言って形の良い長い指で自慢の金髪をかき上げ、察しの悪い部下に失望したかのようにわずかに首を傾げて葉山を見つめて大きなため息を吐いた。

全てが虚しく感じられた葉山は、一刻も早くこの茶番を忘れたくて、今日あたり自分の部屋のような顔でやって来るに違いない坂下との夕食のこと以外は考えまいと心に誓った。いくら足掻いたところで、作り方3で狂った時間は取り戻せないのだから。

# 第五話　愛の値引き

＊

某月某日　あるニュースより

【日本の防衛産業の水面下で、静かに大異変が発生している】


日本の防衛産業で圧倒的な存在感と群を抜く実績を誇ってきた五菱重工業が、初めてトップの座から転落することが決定的となった。

昨年秋に実施された二〇＊＊年に竣工予定の新型イージス艦の一番艦の入札で、本命視されていた五菱重工業が敗れたのに続き、今年の春に行われた二番艦の入札でも新興のＪＡＵ・造船組合に負けたからだ。

現在八隻就役しているイージス艦のうち七隻までを建造しているのが五菱重工業だ。圧倒的な実績を有していながら、それが数社の造船部門の統合により発足した新興のＪＡＵ・造船組合に負けたのである。

本年度の防衛装備庁の「中央調達実績額」によると、五菱重工業は昨年二位だった山崎重工に追い抜かれて二位に転落する見込みだ。ちなみに山崎重工に対する調達額は約三千億円、五菱重工業は約二千億円と推測される。防衛産業の関係者は「日本の防衛産業の歴史の中で、戦前の零式戦闘機から空母建造まで開発の中心に必ずいた五菱重工業がトップから転落したということは、これまでなかったはずだ。おそらく初めてだろう」とショックを隠せないでいる。

＊

＊

ミランダ・マーティンにとって、初めての東京滞在は素晴らしい出来事の連続だった。

秘書としてシドニーに本社がある勤務先の幹部たちに同行しろと言われたときは、社費を使ったおじさん連中の〝企業視察〟や〝商談〟という名目の贅沢な日本観光旅行になぜ若い自分が付き合わねばならないのか不満だったが、いざ成田空港に降り立ってみれば、その瞬間からそんな気持ちは消え失せた。見るもの聞くもの全てが珍しく新鮮で、それでいてどれもこれも可愛いものばかり。シドニーとはまるで違う景色にミランダはすっかり夢中になり、幹部連中の我が儘も横柄な態度も許せる気になっていた。

幸いなことに、彼らもまたミランダ以上に東京を満喫しようと必死で、視察や会議が終わってからのシークレット・ナイト・クルージングに余念がない。いまや女性への対応を一つ間違えただけで、それまで築いた地位やキャリアが一瞬で吹き飛ぶ時代だ。流石にそういう場所にまで秘書のミランダを同行するつもりはまったくないようで、予定の仕事が終わるとすぐに解放された。

おかげでミランダは、一人気ままに異国の夜の散策に出かけることが出来た。近未来的なビルや道路や地下鉄、いたる場所で見かけるセンスのいい素敵なショップ、お洒落なカフェやレストラン、高級ブランド店から小さな屋台のような店まで全てが個性的でスタイリッシュ、そしてたまらなくキュート。何もかもが魅力的で、どれか一つを選ぶなんてとても出来ない。可愛くてお洒落なもので出来ている街ＴＯＫＹＯ、女の心を摑む人間とものが溢れている街。でも……。

一番素敵で、一番ミランダの心を摑んでしまったのは、彼。

しなやかなのに硬い筋肉に包まれた長身の肉体、癖のないストレートな金髪の下から覗く明るい碧い目、日本人ではないけれど日本人と変わらないくらい日本に詳しくて、すっかりこの街に溶け込んでいて、まるでこの街の支配者のような風格すら漂わせている不思議なアメリカ人。日本人の男性に魅力がなかったわけではないが、やはり言葉が通じる男の方が一緒にいて楽しいものだ。

少し薄めのセクシーな唇から零れる囁きはときに饒舌で、ときにじらすように無口になる。冗談めかして、子供の頃からバスケットをやっていたせいで伸びたと話す人並み外れて長い指先がゆっくりと、だがたっぷりとミランダの身体を弄んでから、いままで誰も入ったことがないほど奥深い場所にまで潜り込んできたかと思うと、荒々しさと優しさの波で、内蔵の全ての襞が掻き回されるような経験したことがないほどの刺激と快楽をミランダに教え込む。

彼によって、これまでのミランダの性経験の全てが上書きされていく。あられもない姿を曝し、はしたない言葉を口走り、我を忘れるほど溺れていくミランダを彼は満足そうに眺め、いまこの身体を支配しているのが誰なのかを確認するように耳許で甘くて悪い言葉を囁く。

「あなたのやり方、たまらないわ。凄くいい……良すぎて……溶けてしまいそう」

堪えきれずに、ミランダの口から思わず本音が漏れる。いや、実際彼に執拗に愛撫された箇所はもうとっくに溶けきっていて、二人が戯れたシーツやソファーやバスルームの床といった至る所にその跡を残していた。

いままで知らなかったあらゆる性の扉が、彼と出会ってからほんの数日で次々に開かれていくことにミランダは驚いていた。セックスがこれほどの快感を与えてくれるものだったなんて、知らなかった。間違いなく彼は経験豊富であらゆるタイプの女と、もしかしたら男も知っているに違いない。自分が帰国したら、彼は何事もなかったかのように東京で出会う違う誰かにこの悦びを与えるのだろう。その姿を想像しただけで、ミランダは嫉妬で気が狂いそうになる。

「続けて、まだ続けて……。このままでいたい。終わりたくない。ずっと一緒にいたい……帰国したくないわ」

ミランダは溢れ出る気持ちを抑えつけることが出来なかった。明日にはもう南半球に向かう飛行機の中だなんてまだ信じられなかった。すっかりこの男の奔放なのに緻密な機械のように動く長い指や舌に馴らされた身体が、彼無しで我慢出来るのだろうか。

「もっと……もっとよ……」

ミランダは男の首にしっかりと両腕を回し、逃がさないようにと渾身の力で引き寄せ、感極まって喘ぎながら言った。

「――このまま、あなたに殺されてしまいたい」

＊

1

火曜日の朝。

暑かった。

季節はもうすっかり夏。八月の太陽が容赦なく土と緑が少ないコンクリートの街、東京に照りつける。朝十時には既に気温が二十八度を超えたとニュースで言っていた。このところ毎年のように観測史上最高気温を塗り替え続ける日本の夏を乗り切るのは、ここで育った者でも楽ではない。

「暑い」

在日米軍情報機関の末端に席を置く情報分析官《アナリスト》の葉山隆は、だいぶ伸びた薄茶色の髪を一つにまとめながら、朝から何度なく繰り返している言葉をまたも呟いていた。

「俺みたいにスキンヘッドにしたらどうだ？　涼しいしモテるぞ」

運転席のＪＤが面白そうに冷やかす。彼もまた情報機関の末端に席を置くとはいえ、普段は星条旗新聞社の記者だ。ジム通いを怠らない逞しい褐色の肉体と上手な日本語を操るセクシー・カラードの彼は、まさに短い恋の相手を捜す狩りの季節到来とばかりに夏の暑さを歓迎しているようだった。

「遠慮しとく。僕には似合わないよ」

葉山は助手席の窓ガラスに反射する眩しい光に目を細めた。

「確かにスキンヘッドにすると肌の白さが一層目立つかもな。でも、首の疵はもう目立たなくなったんだろう？　だったら少し切ったらどうだ・ポニーテールも悪くはないが面倒臭いだろう」

葉山が髪を伸ばし始めたのは、うなじに付いた疵痕を隠すためだと周囲はすっかり思い込んでいる。それについては、葉山自身は否定も肯定もせずにいた。確かに疵痕は次第に薄くなっているが、あのとき疵と一緒に刻まれた強烈な思い出は、いまもまったく色褪せてはいない。それどころか、たまに前触れもなく突然鮮やかにあの男の姿が頭に浮かんでは、意味もなく葉山を悩ませる。

「どうせ切っても切らなくてもあれこれ言われるんだ」

「誰にだ？」

「エディに決まってるだろ」

それを聞きＪＤは笑いだした。

「相変わらず過保護だな」

「厭味なだけだ。そういうどうでもいいことはあれこれ言うくせに、大事なことはいつもまったく教えてくれないんだからな」

葉山は腹に溜まっていた不満を、いつも笑って聞き流してくれるＪＤにぶつけていた。

「例によって今回も何も教えて貰ってないのか？」

「訊かなくても分かるだろう。いつものように、これから会う人間に詳しい事情を訊けってことさ」

ＪＤはちらっと葉山に視線を遣ってから、また前を見た。

「だけど、いつもとはちょっと事情が違うだろう。何しろ殺人絡みなんだからな」

ＪＤの言う通りだった。葉山がこれから新宿警察署で会おうとしているのは新宿署の警備課外事係と捜査一課の二人の刑事で、昨日の朝、西新宿のホテルで絞殺死体で発見されたオーストラリア人女性についての詳しい話を聞くためだった。

被害者はミランダ・マーティン。

オーストラリア国籍の三十四歳、既婚。シドニーに本社がある国内有数の総合商社シーロック・グループの事業契約部に勤務している。同社の四人の幹部たちの日本出張に秘書として帯同し、三週間前から日本に滞在していた。他に通訳を兼ねた二人の日本人男性社員も一緒だ。一行は西新宿にある外資系ホテルの長期滞在者向けの別館に宿泊し、日本企業の工場視察や商談などを行っていた。

秘書のミランダは仕事の場には全て同行していたが、いわゆるその後の〝男のための夜の接待〟には、近年どこの先進国の企業もそうであるように、会社側の配慮で無理に同行する必要はなしとされていたために、彼女は仕事が終われば自由に東京の夜を楽しんでいたらしい。

金曜日の朝、幹部二人と日本人男性社員一人は日本企業の招待で、伊豆の温泉旅館に二泊する予定で出かけて行った。東京に残った二人の幹部ともう一人の日本人男性社員、それにミランダは月曜日の朝まではまったくの自由行動、要するに休暇という形で、それぞれが思い思いのプライベートを楽しむこととなった。

ミランダの死体が発見されたのは月曜日、つまり昨日の朝八時過ぎだ。彼女が朝食に姿を現さず、部屋に電話をしても出ず、集合時間になっても姿を現さなかったことから男性社員がフロントに連絡して、ホテルの人間と一緒に室内に入りベッドの上で全裸で死んでいるミランダを見つけて、すぐに警察に通報した。

「事件の概要はこんなところなんですが……」

新宿署警備課外事係の月形陸朗《つきがたむつろう》警部はそう言って確認を求めるように、同席しているどう見ても月形よりも若い捜査一課の多川長司警部の顔を見た。月形と葉山は面識があったが、多川とは初めてだった。歳は離れていても二人が同じ階級であることが、立場の違いを物語っている。

「だいたいのところは分かりました。死因は何ですか?」

葉山がそう訊くと、初めて多川が答えた。

「絞殺です。首に絞められた痕がはっきり残っていました。室内は荒らされておらず、財布やパスポートも手付かずでした」

「それで犯人は?」

「捜査中です。その前に、なぜこの件に在日米軍が関心を持つのかを教えて貰いたいものですね」

　そんなことこっちが訊きたい。葉山は心の中で呟いたが、それを口に出すわけにもいかない。

「それについては、僕には何の権限も与えられていませんから上の人間同士で話し合っていただくしかありません。それよりも事件の件ですが、容疑者は挙がっているんでしょうか？」

「ですから、いま捜査中だと……」

「しかし、ホテルなら防犯カメラもあるし人目も多い、外部との電話通話記録も残っているはずだ。被害者は日本に来るのは初めてだったんでしょ？　そして来日してからほとんどの日の昼間は会社の誰かと行動していたんですよね。だとしたら殺された場所を考えても、面識がまったくない通り魔の犯行ということはちょっと考えにくい。金は手付かずと言われましたが、携帯電話は残っていたんですか？」

「それが携帯だけが見つかっていません。犯人が携帯から足が付くことを恐れて、持ち去った可能性があります」

「そうなるとますます顔見知りの線が強くなりますね。そのくらいのこと、そちらは真っ先に考えつくことだと思うんですが……」

　葉山がそう言うと、月形は苦笑いを浮かべて多川に向かって小さな、だが確実に葉山にも聞こえるようにわざとらしく言った。

「――だから言ったでしょう。こちらさんはこんな頼りなさそうな顔をしてるが、なかなか食えないってね」

多川は憮然としているが、葉山とてこのままでは帰れない。

「発見されたとき彼女は全裸ということでしたが、抵抗した痕跡はありましたか。例えばレイプされた可能性は……」

「それはないと思います」

多川がすぐに答えた。「部屋に強引に押し入った痕跡はありません。おそらく彼女が相手を部屋に入れたんでしょう」

「だったら、おのずと容疑者は絞られてくるんじゃないですか」

葉山のその言葉を多川は手で制した。

「それがそう簡単でもないんですよ。彼女の体内から二種類の体液が検出されました。膣と口から、つまりオーラルセックスの痕跡があったということですが。バスルームには使用済みの避妊具が捨ててありました」

「つまり殺される前に二人の男性と性交渉があったということですか」

「そうです。あるいはそれ以上の可能性もあります」

「それ以上？」

「彼女が滞在していたのはホテルの別館で、そこの宿泊客はシーロック・グループの人間だけですが、会議室や小さなレセプション・ルームも完備していることから本館からも外部からも自由に出入りが出来ます。彼女の部屋は十五階で、そこのフロアの防犯カメラで、犯行があった夜に従業員以外にも複数の人間がフロアに立ち入っていたのが確認されています。そのうちの何人が彼女の部屋に出入りしたかはいま捜査中です」

　おそらくノブや室内に残された指紋の照合をして、部屋に出入りした人間の特定を急いでいるのだろう。さらに体内と避妊具に残されていたDNAを鑑定すれば、おのずとミランダと関係を持っていた人間は絞られてくるはずだ。だからと言って、その人間がミランダを殺したという証拠にはならないが。

　ミランダの身体に二種類の体液が残されていたということは、犯行前に二人以上の男が部屋に出入りしたことは間違いない。それにしても資料では既婚ということになっていたはずだがと、葉山は不思議な気がした。

「シーロックの一行はいつまで日本に滞在する予定なんですか?」

「それが、今日の午後の飛行機でオーストラリアに帰ることになっていたんです。しかしこういう事情ですから、いま関係者全員を足止めをしています。もちろん本社にもオーストラリア大使館にもその旨は連絡していますし、どちらもミランダ・マーティン殺害犯の捜査には全面的に協力すると言っています。言っときますが、彼らは全員オーストラリアの民間人ですから日米地位協定は無関係ですよ。それとも在日米軍はこの事件の犯人に心当たりでもあるんですかね?」

多川の声は厳しく、探るような目で葉山を睨んでいる。

「先ほども言ったように、僕には分かりません」

口ではそう言ったものの、心の中でその可能性はあると思った。だからエディは自分をここに寄越したのかもしれない。しかしだとしたら、エディはどうやって犯人のことを知ったのだろうか。

「とにかく、犯人は絶対にこちらで挙げますのでご心配には及びませんよ」

多川は挑戦的に言うと、月形を残して一人先に部屋を出て行った。

「まっ、そういうことなんで。逮捕状が出たら真っ先にあんたに連絡しますよ」

何がおかしいのか月形は笑っている。

「あの自信たっぷりな様子を見ると、当てがあるみたいですね」

「まだはっきりとしたことは言えないんだが、どうも東京に残っていた営業部マネージャーのボビー・アンダーソンって男が、前から被害者とそういう関係にあったことを複数の社員が認めているそうだ」

「なるほど。すると二種類の体液の片方はアンダーソンの可能性が高いということですね」

「おそらくな。まあどっちも既婚者だし、それで揉めた末にかっとなって絞め殺したとも考えられる。被害者の首に残っていた圧迫痕から察するとかなり強い力で締められている。アンダーソンってのは身体の大きな、いかにも力の強そうな白人だ」

「そうですか。でしたら、逮捕状が出たらぜひご一報願います」

葉山は月形に丁寧に頭を下げて、新宿警察署の会議室を出た。

## 2

新宿署を出た葉山はＪＤに西新宿まで送って貰ってそこで別れた。ＪＤにはオーストラリアのシドニーにあるシーロック・グループ本社に今回の日本出張中のスケジュールを問い合わせて貰うことにして、葉山は犯行現場となった『アーバンスパイラル・ホテル』に向かった。ミランダが宿泊していた別館はまだ封鎖されているし、警察の捜査も続いている。下手に近寄って日本の警察の機嫌を損ねるわけにもいかないので、葉山は本館に入った。本館は通常通りに営業していたが、既に事件のことは大きく報道されており、広いフロントはやはりどこかざわついた感じで落ち着かない雰囲気が漂っていた。

外資系のこのホテルの利用客は外国人旅行客が多い。また別館のように長期滞在のビジネスマン向けの施設もある。レストラン、ショッピングフロアからエステ、ネイルサロン、美容室、ランドリー・サービスといったツーリストに必要なものはほぼ揃っていた。葉山はフロントにあった館内案内をしばらく眺めていたが、やがて四階に向かった。このフロアには美容室、エステ、ネイルサロン、スパなどが入っている。

シドニーの大学を出て一流企業の一線で働いているミランダのようなキャリアの女性なら、おそらく日本滞在中でも髪や肌や爪の手入れは怠らないだろう。だが日本の店には詳しくないはずだから、一番近いこのフロアに来ている可能性が高い。葉山は週刊誌の編集部の名刺をちらつかせ、まず美容室から当たってみることにした。

思った通り美容室のスタッフたちはミランダを憶えていて、もちろん事件のことも知っていた。そして幸いにもまだ警察はここには聞き込みに来ていなかった。

「――ミランダさんって、あの赤毛のスタイルのいい女の人でしょ？　フロアマネージャーから事件のことを聞いてびっくりしたわ」

チーフ・スタイリストという名札を付けたいかにも流行に敏感そうな垢抜けた感じの女性が、葉山に向かって大袈裟に驚いて見せた。

「こちらは何度くらい利用されていたんでしょうか？」

「二、三回かしら」

「一番最近は？」

「土曜日の午前中よ。その三日ほど前に来られたばかりだったんだけど、英語で人と会う約束があるからセットしてくれって注文だったわ」

場所柄、外国人の客が多いのだろう。見ているとスタッフは全員、簡単な英語で客と笑顔で会話をしていた。

「人と会う約束って、相手はどんな人か言ってませんでしたか？」

「そこまでは。でもとても楽しそうで、『セクシーに見えるようにしてね』って何度も念を押されたから相手は男性かなとは思ったけど、いちいちそんなことをお客様に訊かないしね」

だが葉山もそんな気がした。ただの仕事相手や同性と会うなら「セクシーに」とはつこく注文しないだろう。

「彼女はどんな様子でしたか？　何か悩んでいるとか困っているような様子はありませんでしたか？」

「そんなところは全然なかったわ。立ち入った話はしないので本当のところは分からないけど、少なくともここに来ているときは楽しそうで、日本のことをとても誉めてくれたわ。街もお店も全部綺麗で、どこに行っても凄く楽しいって」

「例えば具体的にどんな場所に行ったとか、話していませんでしたか？」

チーフ・スタイリストはちょっと考えていたが、しばらくして他の若い女性スタッフに声をかけた。

「――ねえキヨちゃん、この間マリちゃんと話していた、東京タワーが真正面に見える桜田通りのお洒落なレストラン……あれ何ていったっけ」

「『ECSRIBA』ですか?」

「そう、それ。そことか芝公園のスカイラウンジとか渋谷のアクアリウム・レストランとか、かなりあちこち行っていたみたいだったわ。どこも有名なところばかりよ。とにかく楽しそうで、毎日仕事が終わるのが楽しみだったみたい」

「そうですか」

それから葉山はネイルサロンとエステにも行き、同じような質問をした。ミランダはどちらの店にも一度は顔を出していて、従業員の印象は判で押したように同じだった。ミランダは毎日のように仕事が終わった後、夜の街に出かけて日本滞在を満喫していたという証言しか出てこなかった。

いまのところ彼女が仕事絡みで殺されたとは考えにくい。どう見ても個人的な理由で殺された可能性が強いが、そこに在日米軍の影はまったく見えてこなかった。

その日、家に帰った葉山はネットで桜田通りの『ECSRIBA』や芝公園のスカイラウンジ、渋谷のアクアリウム・レストランといったスポットを検索して該当する店をピックアップしていった。いずれも夜景や独特の雰囲気が自慢のデート・スポットとして人気があるらしく、たくさんの検索結果がヒットした。ディスプレイに出てくる写真は、どれも映画やドラマにでも出てきそうなロマンティックでムードのあるものばかり。どう見ても女が一人で行くところではなく、男と連れだって行くような店ばかりだ。

——誰がミランダをこんなお洒落な店に案内したんだろうか。前から関係があったという営業部のマネージャーだろうか。

ぼんやりとそんなことを考えていると、ＪＤと新宿署の月形からメールが届いた。ＪＤからは「依頼の件だが、シドニーからの返事待ちだ」と、それだけ。月形からは、その後の捜査状況についての報告だった。素っ気ない口ぶりのわりに親切だと思い、葉山はちょっとだけ月形に感謝した。

司法解剖の結果、ミランダが殺されたのは土曜日の深夜から日曜日の朝にかけてと判明。そうなると伊豆観光を終えて日曜日の夕方に東京に戻って来た三人には、完全なアリバイがあることになる。

東京に残っていた営業部長のメル・スミスは日曜日の夜、外出から帰って来て部屋でテレビを見て十時には寝たと言っている。マネージャーのボビー・アンダーソンは土曜日の午後にミランダと性交渉を持ったことは認めているが、それは十五階のミランダの部屋ではなく十四階の自分の部屋だったと言っている。ミランダは夜九時過ぎには自分の部屋に戻ったので、アンダーソンはそのまま寝たということだ。

日本人社員の大西真一は、現在の居住地はシドニーだが実家は埼玉で両親もそこで健在だ。日本滞在中は頻繁に実家に帰っていて、日曜日の夜も実家に泊まり、月曜日の朝にホテルに戻ったと言っている。

これらの話に嘘がなければ、二種類の体液のうち一つはアンダーソンのものである可能性が高い。もう一つはスミスか、あるいはまったく違う誰かのものか。いまDNA鑑定中だというからそのうち判明するだろう。だが体液の持ち主が分かっても、それは殺人の証拠にはならない。

——ミランダと在日米軍にどんな接点があるって言うんだ。

いまのところ、まったく想像もつかなかった。

## 3

水曜日。

朝一番にＪＤからメールが届き、それにシーロック・グループ一行の日本でのスケジュール表が添付されていた。それを見ると、彼らは一ヵ月近い日本滞在中に三十ほどの会社の役員と面談したり工場を視察していた。製造業を中心に山辺製作所、呉造船、東海工業、金屋精密機械、井部鉄鋼、三宅製作所、ジャイロ電子……と比較的名のある中堅所からあまり聞かない名までずらりと並んでいる。

シーロック・グループはオーストラリアの総合商社で海外から工業製品だけでなくプラントや誘致の窓口など手広くやっている会社らしいので、数多くの会社と商談の機会を持つこと自体は不思議でも何でもないのだが、これらの業種が引っかかった。

結局午前中はこれらの会社に関する情報を集め、午後からは在日米軍横須賀基地の海軍犯罪捜査局（ＮＣＩＳ）に勤務する坂下を呼び出して、ミランダが行ったであろうレストランの一つ、芝公園のスカイラウンジに予約を入れてから出かけた。

そこは過剰なほどロマンティックなムードを盛り上げる内装で、日が完全に落ちて煌びやかな東京の夜景が見える時間になるとすぐに満席、客は男女のカップルか少人数のグループがほとんどで、男二人は葉山と坂下だけ。明らかに場違いだった。葉山は周囲を見回し、そして自分の想像が間違っていなかったと確信を持った。

「やっぱりどう考えても、ゲイでもない限り男だけで来るようなところじゃないな」

「じゃあどうして誘った？」

坂下は居心地悪そうに訊いた。ふと葉山の頭にあるアンケートに関するつまらない疑問が浮かび、目の前でいつになく所在なげにしている、脳味噌が筋肉で出来ている軍人にぶつけてみたいという悪戯心が沸いた。

「一度訊こうと思ってたんだけど……」

「何を？」

「お前みたいな海軍のマッチョたちは『ゲイか？』って訊かれると『FUCK！』って叫ぶくせに、どうして『同性と性交渉の経験があるか？』って訊かれると『OF COURSE！』って答えるんだ？　ちょっと前に『海軍の性的少数者の受け入れに関するアンケート』結果を見たんだけど、あれは酷い。海軍は時代に逆行しすぎだ。広報が公表を控えたのも当たり前だ」

「そうか？」

「ちなみにお前は最初の質問には何て答えたんだ？」

「FUCK!!」

「次は？」

「OF COURSE！ DO NOT LISTEN TO OBVIOUS THINGS!!」

「やっぱりか……」

葉山は、多少なりともまともな答を期待した自分が馬鹿だったと後悔した。こいつらといるとため息しか出ない。

「軍に必要なのは少数者でも多数者でもない。国のために喜んで死ねる奴だ。時代は時々道を間違えるから気にするな」

坂下は平然と言い、葉山はこの連中の頭の固さを変えるのは戦争しかないのだと、改めて思った。「――海軍を批判したくて俺をここに誘ったのか？」

「まさか。僕はそこまで暇じゃない。それより殺されたミランダの件だ。来日してからこういうレストランに頻繁に出入りしていたようだが、この雰囲気を見ればどう考えたって一人じゃないだろう。連れは男で、おそらくその男がこの店を予約した」

「だろうな」

坂下もフロアを見回して頷いた。初めて日本に来た女がこんな場所を知っているはずがないし、通りがかりにふらりと立ち寄れる店でもない。まず予約が必要だ。

葉山は昨日ネットで調べたレストランのリストを出して坂下の前に置いた。

「ここにリストアップした店のこの一ヵ月の予約内容と、出来ればカードの支払い記録が欲しいんだ。何とかならないか？」

葉山は坂下の顔を覗き込むようにして小さな声で訊いた。

「新宿署に頼め。それが一番早い。今回は殺人事件なんだし、事情を話せばすぐに調べるだろう」

「警察はいまのところミランダのデートコースには興味を持ってないみたいだ。事件には直接関係ないと思っているんだろう。だけど、僕は警察が興味を持つ前にどうしても知りたい」

「なぜ?」

「エディがなぜこの事件に首を突っ込みたがるのか、理由がまったく見えてこないからさ。いまのところ米軍の影はどこにもないんだ。もしかしたらエディの関心は、誰が彼女を殺したかではなく、もっと別のことにあるんじゃないか。そんな気がしてきてるんだ」

おそらく、事件そのものはそんなに複雑なものではない。残留物は多いし、事件の夜にミランダと接触した人間たちはいずれDNAや指紋によって判明するだろう。その中からおのずと容疑者も絞られていくはずだ。優秀な日本の警察が犯人を見つけられないとは思えない。エディだってそのことは充分分かっているはずだ。坂下はしばらく考えていたが、やがて小さな声で言った。

「予約の方はNCISの捜査官の肩書きを出せば何とかなるかもしれないが、後々それが日本の警察に知られると厄介だ。そんな面倒臭いことはしないで、専門家に頼んで店の端末に残っている記録をコピーした方が早いかもな。こういう新しい店は予約にしても支払いにしても必ずパソコンで管理しているだろうし、ペンタゴンに侵入するわけじゃないんだからプロならどうってことないだろう」

「こっそりその筋の専門家に頼める？」

坂下は小さく舌打ちしてから「しょうがないな」と答えた。


何とも言えない雰囲気の中で坂下と見たくもない夜景を見てから帰宅した頃に、新宿署の月形からメールが届いた。ボビー・アンダーソンのＤＮＡがミランダの内部に残された体液の一つと一致したということだった。他にもアンダーソンとミランダの関係が日本に来て急速に悪くなったという証言が複数あり、捜査一課はアンダーソンが何か事情を知っているとみて捜査しているとあった。

## 4

木曜日。

月形から、ホテルの料理場のゴミ箱からミランダの携帯電話が発見されたという連絡があった。そこには同僚のアンダーソンと別れ話を巡る諍いがあったことを証明するメールが多数残されていたということだった。

ミランダとアンダーソンは二年前から不倫関係にあったが、半年ほど前に互いの配偶者にそれがバレた。しかし、どちらの配偶者も婚姻関係を終わらせる気はなく、特にミランダの夫は現在失職中で、ミランダを失うことは暮らしの基盤を失うことになるせいか、逆にアンダーソンに慰謝料を請求するとまで言い出す始末だった。そんな剣呑とした雰囲気の中で一ヵ月の日本出張が決まり、未練たっぷりのアンダーソンは壊れかけたミランダとの関係を修復しようとした。

だがミランダは、どうやって知り合ったのか、日本でアンダーソンのまったく知らない男と恋に堕ち、信じられないほど溺れていった。ミランダからアンダーソンに送信されたメールには、彼女がアンダーソンとその男を比較して、いかに男の性技が素晴らしく彼女がそれに酔いしれて夢中になっているか、もはやアンダーソンとの関係を続ける理由はどこにもないと赤裸々に冷淡に綴ったものまであったという。

最後に月形は「アンダーソンにはミランダを殺す動機が充分にある」と書いていた。

その日葉山は『極東ジャーナル』の編集部で本来の業務を脇に追いやり、一日かけてシーロック・グループ一行が接触した日本企業について調べ上げた。資本、従業員数、業務内容、主な製造物、主力製品、株式相場の推移、取り引き先……。

その結果分かったのは、九社が山崎重工、三社が中曽根重機械、同じく三社がオホーツク造船、二社が関東鋼管という大手の会社と資本や取り引きを通じて深く関係しているということだった。簡単に言えば子会社か系列、あるいは独占的下請けといったところだ。

山崎重工、中曽根重機械、オホーツク造船、関東鋼管は、いずれも戦前からの財閥の系譜を受け継ぐ伝統と実績のある企業だ。そして何より、現在の日本の防衛産業の中心的な担い手でもある。

――そうか、だからエディはミランダの死に関心を持ったんだ。誰が殺したかなんて問題じゃない。彼女の死とシーロック・グループの動きに関係があるのか、知りたかったのはその一点か。

葉山がそのことに気付いたとき、坂下から電話があり、荒々しい口調ですぐにそっちに行くと告げられた。

一時間ほどして坂下から、いま『間宮ビル』の下にいるから出て来いという電話があった。何度も来ているのだから上がって来ればいいのにそうしないのは、おそらく編集長の野口に聞かれたくない話があるからだ。葉山はすぐに野口の許可を得て編集部を後にした。

一歩外に出たとたん、この時間でもまだ三十度を超えている真夏の日差しが襲いかかり、汗が一気に噴き出してくる。あまりの暑さに空気が陽炎のように歪み、その先に迷彩のシャツの前をはだけさせ、レイバンのサングラスをした坂下が車から出て立っているのが見えた。葉山が近づくと、珍しく助手席のドアを開けてVIPでもエスコートしているかのように葉山を車内に招いた。こんなことは初めてだった。

「外は暑いな」

そう言いながら葉山が助手席に乗り込むと、坂下もすぐに運転席に座り後部座席に置いてあった封筒を取って葉山の膝に投げた。

「例の店の予約と支払いの記録だ」

もの凄く不機嫌に見えた。いや、間違いなく不機嫌なのだ。葉山はすぐに封筒から中のデーターのコピーを引っ張り出して目を通し始めた。

普通、予約は入れた人間の名前でするものだから、ミランダ・マーティンの名前がどこにもなくても不思議はない。おそらくミランダのデートの相手は、月形のメールにあった、彼女がベッドを共にしたとたんに夫のことも二年も不倫関係を続けていた男のことも綺麗さっぱり忘れてしまうほど夢中になった男に違いない。その男は毎回違った夜景を背景にロマンティックな演出のデートと男性経験が豊富なはずの女すら狂わすような巧妙なセックスの両方でミランダの心を完全に掌中に握った。

——いったい誰なんだ？

葉山は予約欄に並ぶ名前とカードの支払い記録の名義欄に並ぶ名前を照らし合わせながら見ていたが、やがてすぐに坂下が不機嫌な理由が分かった。この一ヵ月、両方の欄に頻繁に出てくるある名前に、坂下と葉山が気付かないはずがない。

ＥＤＷＡＲＤ，ＣＨＡＲＬＩＥ，ＲＯＳＳ

「くそっ、エディが使ってる名前じゃないか……」

葉山は思わず坂下の横顔を見つめた。

昨夜とはうって変わり、夕食は葉山の部屋でテイクアウトのピザとパスタにビールという簡素なものだった。夜七時過ぎても依然として気温は二十五度を超えたままで一向に下がる気配がない。エアコンを入れても、室内にはまだむっとした熱気が残ったままだ。

「――どう思う？」

葉山は冷蔵庫から出した缶ビールを坂下に手渡しながら訊いた。「エディがミランダと関係していたのは間違いないし、その目的もだいたい想像がつく。シーロック・グループの日本での動きを探るためだ。調べてみたら、シーロック・グループは昨年、株の十五パーセントをオーストラリア国籍を取得したばかりの中国系の富豪によって押さえられていた。その直後に重役会議で選出された新社長も中国系だ。彼らの今回の商談と視察のための出張に、新株主の意向が大きく反映されているのは間違いない」

最大の貿易相手が中国となったオーストラリアは、既に経済面では完全に中華圏に取り込まれている。さらにこれまで多くの中国系移民を受け入れて来たおかげで、政財界にがっちりと彼らが食い込み国家政策にも大きな影響を与えていた。

オーストラリア国内にある米軍施設周辺の土地を中国系の資本が買い漁ることについて、米国は再三に渡りオーストラリアを牽制しているが、彼らはのらりくらりとそれをかわすだけで改善する気配はまったくない。中国に支配されつつある同盟国……米国にとっては頭の痛い問題がまた一つ増えつつある。

「だとしても、なぜその女は殺されたんだ？　まさかエディが殺したわけじゃないだろうが」

「それはないな。むしろまたとない大事な情報源を失ってしまったから、調べろと言ったんだとは思うんだけど……」

ただそれだけだろうか？　葉山にはそうは思えなかった。だいたい今回のことは、あのエディにしては全てが軽率過ぎる。

「警察は二種類の体液のうち一つはアンダーソンのものだと断定し、彼を一番の容疑者として考えている。だけどもしアンダーソンが犯人じゃなかったら、おのずと残る片方の持ち主に目を向けるだろうな」

「それがエディだと思ってるのか？」

「この支払い記録だと、エディが最後にミランダとデートしたのは土曜日の午後だ。彼女が午前中に美容室に行ってことさらセクシーな髪型に拘っていたのは、おそらくエディに会うからだ。週明けには帰国で会えるのは最後になるから精一杯お洒落をして行きたかったんだろう。殺されたのは土曜日の深夜から日曜日の朝にかけて。横田のエディの秘書に訊いたら、エディは土曜の夜は横田に泊まったとは言っていたが

……」

「いくらでも抜け出すことは出来るし、秘書が嘘を吐いている可能性もあるって言いたいんだろ」

坂下があっさりと、葉山が口にするのを躊躇していることを口にした。「だとしても、あいつが情報源と寝るのはいまに始まったことじゃないんだし、仮に警察がエディの存在に気が付いたとしても、軍籍だけじゃなくて大使館員の身分も持つあいつに手は出せん。そんなに心配するな」

「心配なんかしてない。何があっても自業自得だ」

「そのわりにはしつこいな。うじうじ悩んでないで、そんなに気になるなら直接訊け。女のプッシーと口の中に残っていたのは、あんたの置き土産かって」

「誰に？」

「エディに決まってる」

「僕が？」

「他に誰がいる。この仕事を直接命じられたのはお前で俺じゃない」

卑怯だ、自分だってもうどっぷり関わっているくせにと思ったが、反論する気力はなかった。

いまのところ日本の警察の関心は、数々の状況証拠からアンダーソン一本だ。ミランダの奔放な男性遍歴のおかげで、彼女の体内に残っていたもう一つの体液の持ち主の捜査は後回しになっているのかもしれない。

だがもしそれがエディのものなら、彼は葉山にこの事件を調べろと命じるだろうか。そもそもどんな場合でも慎重で抜け目のない彼が、今回に限って自分が仕事で使っている名義のカードで支払いをしていたのも腑に落ちない。調べればすぐにミランダの背後にエディがいることはバレてしまうのに……。

そこまで考えて葉山ははっと気が付いた。バレることを計算した上での行動だったのかもしれない。ミランダには既に米軍の監視が付いたぞと、それを誰かに分からせるのが目的だったとしたら。

「何か……もっと大事な何かを見落としていたのかもしれない」

葉山は缶ビールをテーブルに置き、そしてもう一度資料を全部床の上に並べ始めた。

警察も葉山も、全裸の外国人女性の絞殺死体という週刊誌の見出しになるような派手さばかりに目を奪われていたが、少なくともエディの興味はそこにはない。エディが知りたがっているのは誰がミランダを殺したかではなく、シーロック・グループに関するもっと別の何か、おそらく今回の長期出張の裏に隠されているものだ。

——ミランダのおかげでまったく誰にも注目されずに見過ごされた何かがある。それは何だ？

一行の日程表、事件前後のスケジュール、ミランダの死体の発見、そして全員のアリバイ……それらを最初から見直していた葉山は、やっと見落としていたものを見つけた。

「坂下！」

「何だいきなり？」

「ＪＤに連絡してくれ。伊豆だよ、みんな伊豆のことをすっかり忘れていたんだ！大至急、シーロックの幹部を伊豆旅行に招待したという日本の会社とそこの人間、その両方について徹底的に洗うように言ってくれ」

ただの接待旅行とばかり思っていたが、ひょっとしたらシーロック・グループの幹部が東京を離れて、人目のないところで密会の場を持つための小旅行だったのかもしれない。としたら、シーロック・グループの来日の本当の目的がそこにある気がした。

# 5

金曜日が過ぎて土曜日。

葉山はエディのオフィスがある在日米軍横田基地ではなく、坂下が勤務する横須賀基地に呼ばれた。エディはいつものように司令部内ではなく珍しく外で葉山を待っていて、艦隊ドッグが並ぶ海岸に向かって、先に立って基地内道路を歩き始めた。

夕方とはいってもまだ充分に暑く、潮風は依然として熱気を帯びている。海からの強い風が葉山の伸びた髪を、そして少し先を歩くエディのサマージャケットの裾を乱していた。

当たり前だが目に付くのは兵隊ばかり。海軍の真っ白な夏制服やネイビーの作業シャツが明るい太陽に映えて眩しい。飛び交うのは英語だけで日本語はまったく聞こえてこない。まさしくここは合衆国領土であり、他の者の目には葉山もその一員の白人に見えているのだろう。

海が見えてくれば、いつものように停泊している第七艦隊の艦船が姿を現す。そして広大な米海軍基地の向こうには隣接する海上自衛隊の横須賀基地——と言っても正式には「基地」ではなく港湾・陸上の施設群なのだが、昔からそう呼ばれている。

「ＪＤから報告を受けた。シーロック・グループの輸入担当部長が伊豆で会っていたという人物については、こちらの監視対象リストに載ったと思っていい。今後の動きは全て情報部と日本の公安が追うことになるだろう」

「そうですか」

葉山は小さく頷いた。伊豆の旅館の宿泊名簿にあった「アムウエイ機械工業株式会社」は、実体のないペーパー会社だった。だがそのわりに資本は大きく、今日までの短い調査でも既にこの資本の大半が複数のペーパーカンパニーを通して大陸から流入してきているチャイナ・マネーだと判明していた。

「伊豆でシーロックの幹部と面談していた会社代表者の〝日比野大観〟という人物の素性についてもいま調査中だ。国籍がどこであれ、アメリカと日本の利益を損なう人物なのは間違いなさそうだ」

海を眺めながらエディが淡々と語る。

おそらくシーロック・グループは株主と社長の交代によって完全にオーストラリアに存在する中国企業と化しているのだろう。

彼らが日本に来た目的は、この春に行われた入札で、戦前からずっと日本の防衛産業の頂点に君臨してきた五菱重工業を昨年の暮れの入札に引き続いて破り、新型イージス艦の二番艦の入札も勝ち取ったＪＡＵ・造船組合への接触を図るためだ。

ＪＡＵ・造船組合は独立した会社ではなく、それまで五菱重工業の後塵を拝していた山崎重工、中曽根重機械、オホーツク造船、関東鋼管といった会社が主幹会社として資金を提供し、技術部門の統合によって新たに設立された新組合だ。

複数の会社が集まることにより、それまで揺るがなかった五菱重工業の王城を崩せるだけの資金力と技術力を有することには成功したが、逆に複数の会社の集合体であるが故の結束の弱さ、方針の揺らぎ、秘密保持の甘さなどに不安が残る。

事実、さっそくシーロック・グループはその基盤と秘密保全の弱さにつけ込むべく、主幹会社それぞれと関係が深い系列や下請け業者への接触を図り始めた。新型イージス艦の入札に成功すれば、ＪＡＵ・造船組合はその実績を盾に、次々に今後も新造艦の入札に参入してくるだろう。彼らの持っている技術情報は、まさに他国から見ればお宝だ。

「ＪＡＵは、いずれ潜水艦の入札にも食い込んでくるでしょうね」

「だろうな。いまは日本でもアメリカでも兵器開発を民間企業が単独で行うのは難しい時代だ。共同開発が主流になればなるほど、技術流出を防ぐのが難しくなる」

だからその芽を摘むためならどんな手でも使うのか？　葉山はそう訊いてみたかったが、その気持ちを見透かしているのか、エディはうっすらと汗を浮かべながらも気持ち良さそうに潮風で乱れる金髪を、長い指で梳いている。

「そう言えば、いますぐそこの楠ケ浦地区に海自の第二潜水隊群のずいりゅうが入港している。時間があったら見てくるといい。フユキほどじゃなくても、君も決して嫌いじゃないはずだ」

エディは振り返り、葉山を見て穏やかな声で言った。

「そうりゅう型潜水艦の五番艦ですか。米海軍はシーウルフ級という世界最高と称される原子力潜水艦を有している。それなのに、小さな島国が独自開発した通常動力型のそうりゅう型潜水艦が気になるものですか？」

「もちろんだ」

エディは嬉しそうに頷いた。「シーウルフは一千億ドル近いとも言われる巨額の開発費を投じたものの、あまりに高価で過剰性能であると判断されてわずかに三番艦まででしか製造されなかった実用性のない、いわば壮大な研究結果と技術のオブジェでしかない。一艦の製造費が二十一億ドルもするのでは、実戦配備の可能性はないのと同じだ。それに比べてそうりゅう型は一艦が五億ドルから六億ドルで、あれだけの高い性能を有している。量産という通常配備の条件を満たし、第三国への大量輸出が可能だという魅力に満ちているんだ。興味が湧かないはずがないだろう。おかしなことだが、憲法で戦争放棄を謳い実戦はしないはずの自衛隊の装備は、現実に戦争を行っているか、またはその可能性が高い国には最も実用的で機能的な装備に見えるようだ。

新型イージス艦も同じだ。他国の諜報機関があれに興味を示すなら、我々は全力でそれを阻止する。アメリカは、あれだけの装備品を自力で開発出来る技術を持つ国を手放す気はない」

まるで日本の独立を認めていないような言い分だったが、おそらくこれが紛れもない本国の本音なのだ。

「そのためには愛を安売りしてもですか？　現場に二種類の体液が残されていたことを見ても、ミランダは決して貞淑でも一途でもなかった。でも日本で出会った一人の男性には本気だったのかもしれない。もしかしたら……」

残っていた痕跡の一つはあなたでは？　ミランダが殺されたのはそのせいかもしれないと考えたことは？

葉山は喉元まで出かかっているその言葉を全て抑えつけて心の奥深くまで呑み込んだ。エディのことだ。後々自分の不利になりそうなものを残しておくはずがない。警察がエディまで辿り着くはずはない。葉山は心の中でまるで自分に言い聞かせるように繰り返していた。

はっきりと訊けばいい。だがなぜか訊けずに、代わりに自分でも驚くような関係のない言葉を口走っていた。

「あなたは、僕の父親のようなヘマはしないでしょうね。——たぶん《maybe》」

「言っておくが、ミスター・オリエンタルは優秀だった。ヘマをしたことはない。ただ、わたしのように愛を安売りしなかっただけだ」

エディは懐かしそうに目を細めながら、葉山の父を語るときはいつもそうであるように、どこかしら嬉しそうだった。

「いつか手痛いしっぺ返しを食らいますよ」

葉山は悔し紛れにそう返したが、この男の心に響くはずもない。エディは自分の髪を梳いていた手を伸ばし、葉山のポニーテールの下の古疵に触れた。

「タカシ、簡単に値引き出来るものには、最初から大した価値なんかない。そんなものはないのと同じだ。この疵を付けた男もそう言わなかったか？」

葉山は答えなかったが、心の中でこいつもあの男もそして坂下も、みんな見えない何かに取り憑かれている狂人だと感じた。だが同時に怖いほどの迷いのなさが、わずかではあるが羨ましく嫉ましかった。

自分は迷い続けている。突然、父が消えたあの日からずっと居場所を見失ったまま、未だに広い海にぽつんと取り残された船のようにどこへ進んで行けばいいのか分からず途方に暮れている。海猫の鳴き声に混じって、そろそろ港を見つけろと誰かが囁いたような気がした。

＊

週明けに月形からメールが届いた。

アンダーソンが〝完落ち〟して自白を始めたということだった。ミランダとよりを戻したくて最後の関係を持った後も彼女の部屋を訪れて説得したものの、新しい恋人と自分を比較する彼女のあまりの態度に腹が立ち、つい絞め殺してしまったということだった。それともう一つの体液は大西真一のDNAと一致したことも記してあった。事情を聞くと、こちらはまったく事件とは関係なくミランダのほんの気紛れでオーラル・セックスという形の関係を持ってしまったということらしい。

葉山は月形に「お気遣いに感謝します。おかげで、当方にはまったく無関係な事件だと判明して安心しました。今後とも何かありましたらよろしくお願いします」という丁寧な礼を書いて返信をした。

＊

# 第六話　ワイルド・カード

＊

【八月十八日　夕方六時のニュース】

超大型で非常に強い台風十二号が沖縄に接近中で、十九日の明け方頃には石垣島に上陸する見込みです。沖縄から九州、四国にかけて記録的な大雨になるおそれがあります。

台風の接近にともなって前線の活動が活発になっているため、九州や四国を中心に大雨になっているところがあり、四国の高松では午前三時までの二十四時間雨量が四百ミリを超えるなど、平年のこの時季の一ヵ月分の雨量を超えています。

台風十二号はこのあとも勢力を維持したまま北上し、二十日夜には紀伊半島沖へ進み、二十一日の明け方頃には東海地方に上陸するおそれがあります。その後、二十二日朝には、関東に最も接近する見込みです。

二十二日正午までに予想される雨量は、いずれも多いところで、沖縄、九州で六百ミリ、近畿や東海で四百ミリなどとなっています。すでに大雨となっているところでは、土砂災害や川の氾濫に、特に警戒が必要です。

また、二十二日にかけて予想される最大瞬間風速は、沖縄、九州で五十五メートルなどとなっています。沿岸部ではかなりの高波が予想されますので、絶対に海には近寄らないようにして下さい。

＊

# 1

早朝未明に超大型台風が関東を通過した日の午後、まだ熱くて強い風は吹いていたものの、午後からは朝の大雨が嘘のように晴れ上がった。熱風に覆われた東京は一気に気温が上昇し、まるでサウナにでもいるような暑さだ。首都圏を直撃した台風により大打撃を受けた交通機関は、まだ多くが完全には復旧していない。繁華街の至る所にある大型電光掲示板がリアルタイムで復旧状況を表示していた。

在日米軍情報機関の情報分析官《アナリスト》、葉山隆はそれをちらりと眺めてから、乗り慣れないバイクの後ろから振り落とされないようにしっかりと、横須賀基地に勤務する坂下冬樹の腰に手を回した。兵隊によってかなり乗り回された感のある業務車両の中古のカワサキ・ゼファー750は、台風が連れて来た大雨が残した水溜まりを蹴散らしながら、渋滞で並ぶ車の脇をけっこうな速さで滑るようにすり抜けて行く。

真正面から激しくぶつかってくる蒸気のような風と密着した皮膚から伝わってくるのは、まるで熱でもあるのかと思うほどの火照るような体温だ。張りのある坂下の背中に張り付いた薄いシャツから滲んだ汗が宙に飛び散っていくほどのスピードに、葉山は思わず坂下の背中をつついた。

「そんなに飛ばして大丈夫か⁉」

葉山はヘルメットの下から叫んだが、聞こえていないのか聞く気がないのか、完全に無視された。

最もスピード狂ではない坂下がこれほど急ぐには理由があった。あと一時間もしないうちに在日米軍横田基地から岩国基地に向けて離陸するC―130《ハーキュリーズ》輸送機に葉山を乗せろというのが、坂下が上司から受けた命令だ。まだ乱れている国内の公共交通機関ではなく、すぐに離陸出来る在日米軍の基地間定期便を使えと言うほどに今回は急ぎの仕事だった。

数時間前、飯田橋の『間宮ビル』にある『極東ジャーナル』編集部でいつものように仕事をしていた葉山の元に、横田の情報部から電話があった。

この数日をかけて日本列島を北上して行った大型台風の影響だろう。隠岐の島沖で船の遭難が原因と思われる油の流失跡を米軍のレスキュー・ヘリが発見し、その周辺の海域から乗組員と思われる二名を救助した。一人はすでに心肺停止の状態だったが、もう一人は重傷ながら話は出来るということで、日本側に引き渡す前にとにかく聞き取りを実施して来いという命令だった。

葉山が呼ばれるということは、その漁船は日本船籍ではないだろうし、救助された二人もおそらく半島の人間だ。ただの漁船の遭難に米軍が関心を持つはずはないから、おそらく漁船を装った密航船か情報収集船といったところで、前々から監視対象になっていた船に違いない。

　渋滞の車列の横を通り抜けて交差点の先頭に出たかと思うと、信号が変わったとたんに坂下はゼファーの車体を大きく傾けて左折し、さらに加速して後続車をみるみる引き離して行く。振り落とされないようにしっかりと捉まりながら、葉山はどうか無事に横田に着きますように、それから日本の警察と出会いませんようにと願っていた。

　反射神経の良い坂下は車もバイクも運転は巧い方だが、それでもこの天気と道路状況、それに珍しく日本の公道を米軍の公務車両で飛ばせる大義名分があるおかげで必要以上にテンションが高い。

　米軍の公務車両は日米地位協定の取り決めにより高速料金を払う必要がない。係員は車両のプレートを見ただけで何も言わないので、坂下は入り口でわずかにスピードを落としただけで、すぐにフルスロットルで加速し始める。

　高速を下りて立川市に入ると広大な横田基地を取り囲むフェンスが姿を現してくる。国道十六号に乗って真っ直ぐ走って行くうちに少し先に横田基地のNO５ゲートが見えてきた。葉山はほっとして、やっと汗臭い背中に安心して身体を預けた。

　バイクのまま基地内のターミナルに直行し、葉山はそこから定期輸送便のC—１３

0に何とか滑り込んで、岩国基地に向かった。岩国で海兵隊の第十二航空群のヘリに乗り換えて出雲の空港で降ろしてもらい、そこからタクシーで島根県の松江市に向かった。

対象者の男が収容された市内の穴道湖近くの病院に着くと、病室前の廊下に葉山と顔見知りの在日米軍情報機関に所属する日系アメリカ人が暇そうな顔でベンチに座っていた。まだ男の名前も沈んだ船の名前も分からないのだから、領事館にも家族や職場にも連絡のしようがなく、発見したところが面倒を見るしかないのだろう。

「久しぶりですね、タキ」

葉山は男に駆け寄って声をかけた。彼は昨年まで横田の情報部にいて、何度か一緒に仕事をしたことがあった。同じ日系アメリカ人でも真っ白な肌と薄茶色の瞳という完全に白人の血だけが濃く出た葉山と違い、タキの外見は典型的な東アジア人だ。いつもきちんとした服装で礼儀正しく控えめ、そういうところも東アジア的だった。

「やあ葉山、横田からＨＵＭＩＮＴ（人的聞き取り）の専門家が来ると聞いたからそうじゃないかと思ってたんだ。久しぶりだね」

「岩国に異動されたんでしたね。どうですか、こっちは？」

「基地の中はどこも一緒だよ。だけど外はだいぶん違っていて、こっちは田舎で自然が多い。気楽な独り身になったのを機に毎週アウトドアを楽しんでるってところかな」

それでこんなに日焼けしているのかと納得した。髪も短く切って、心身共に身軽になったという印象だ。何も告げられずに突然異動になるのも、結婚生活が続かないのも軍ではよくあることなので、誰も驚いたり深く理由を尋ねたりもしない。誰にでも人当たりが良く正真正銘の紳士であるタキをもってしても、続けていけない人間関係があるということなのだろう。

「横田のカサノバは元気？」

「彼《エディ》は相変わらず、会う度に高そうなスーツに違う色の長い髪が付いてますよ」

「それは、わざと君に見せつけてるんだよ。自分はまだ有り余るほど精力的だとアピールしたいのさ。何しろ彼はザ・海軍《ネイビー》だから」

まさにその通りで、制服は着ていなくても心は常に海軍と共にあることをアピールしたいのだろうが、部下と言うだけで無節操に精力自慢をされる方はいい迷惑だ。

「ところで、対象者とは話せますか？」

「大丈夫……と言いたいところなんだが、今日は調子が良くないようで長い時間は無理、二十分だけとさっき医者に言われたところだ。昨日の話では大丈夫そうだったんだが、まだ容体が安定していないんだろう」

「そうですか。それじゃ急いだ方が良さそうですね」

葉山はそっと病室のドアを開け、静かに室内に入って行った。ベッドが六つ並んでいる大部屋で、入り口に近い二つのベッドと一番奥のベッドの仕切りカーテンが閉まっている以外は、空いていた。葉山はドアの脇に置いてあった折り畳パイプ椅子を持って静かに一番奥まで行き、ゆっくりとカーテンを開けて中に入った。

ベッドには潮焼けと思われる赤黒い顔の、おそらく三十〜四十代くらいのアジア系の男が寝ていた。顔のあちこちに擦り傷があり、ベッドから出ている細い腕は点滴の管で繋がれていた。葉山は小さいがはっきりとした声で朝鮮語で話しかけた。

「具合はいかがですか？」

男は目だけ動かして葉山を見た。通じているということは、やはりこの男は半島の人間だ。

「僕はあなた方を救出した者の代理です。ご家族と連絡を取りたいので名前と連絡先を教えて下さい」

男は救出されたときは意識があったというから、すでに自分が置かれている状況は分かっているはずだ。ここが日本で目の前にいる人間が米軍の関係者であることも。

「カン・ハンジュ……。キムは……キム・トンムはどうした？」

男は弱々しい声で訊いた。キムというのが一緒に救助された男のことだろう。トンムは「同士」といった意味で、北朝鮮の兵士がお互いを呼び合うときに使う。これだけで、遭難した船に乗っていたのが普通の漁師ではなく兵士であったことが分かる。

「残念ですがキムさんは……」

葉山がそう言ってもカンは特に動じる様子はなかった。多分、そんな気がしていたのだろう。

「遭難した船にはあなた方の他に何人乗っておられたんですか？」

「三人……いや四人か……」

かろうじて聞き取れるほどの小さな声だった。とにかく、そのくらいなら大きな船ではないはずだ。

「全員、北朝鮮の兵士ですか？」

カンは答えなかったが、それははっきりと口にするのを躊躇しているだけで肯定と同じだった。

「乗っていた船は、漁船を装って何か別のことをしていたんでしょう？」

答無し。

「情報収集だったんじゃありませんか。その船は実はＡＧＩ（情報収集船）だったんでしょう？」

日本の周辺海域には、ほぼ一年中どこかの国のＡＧＩが浮かんでいる。かつては圧倒的にソ連だったが、いまは中国が一番多く、次がロシアと北朝鮮だ。特に対馬海峡とその周辺は〝ＡＧＩ銀座〟で、数隻が交代で一年中同じ場所に浮かび続けているほどだ。これらの船が一斉に姿を消すのが、天候不良で大荒れが予想されるときだった。今回も台風の進路がはっきりし始めた頃から、どの国のＡＧＩも次々に安全な海域へと移動を始めていたというのに……。

「俺は何も知らない。ただ、船を動かしていただけだ」

「なるほど。ところで、台風が接近していることは分かっていたんですから、なぜ避難しなかったんですか？」

ちょっと間を置いてからカンは「避難するつもりだったんだ。だが機関の調子が悪くなって、調べたり修理をしている間に遅くなってしまったんだ。台風の速度がこちらの得ていた情報よりもずっと速かったこともあって、気が付いたときにはもうどうにも出来なかった」と答えた。

「避難を急ぐか、あるいは早い段階で近海の船や海上保安庁に救助を要請していれば、みなさん無事だったと思いますよ」

葉山の言葉にカンは目を伏せた。

ただの北朝鮮籍の漁船が、こっそり日本のＥＥＺ（排他的経済水域）で密漁をしていただけならば、おそらくそうしたかもしれない。だが実際はＡＧＩであったためにそれが出来なかったのかと考えると、葉山はカンら乗組員に少し同情した。彼らだって国に残して来た家族がいるはずだ。

「他の者の死体は上がったのか？」

　ふいにカンが訊いた。

「いいえ、まだです。台風は通過したとはいえ、海はまだかなり荒れていて危険ですから」

「そうか」

　カンはそう言ったかと思うと、それまで半分眠っているように閉じかけていた目をしっかりと見開き「船は？」と訊いた。

「それはまだです。こちらは船が遭難した正確な位置すら分からないんですから。あなた方の船にはＥＰＩＲＢやＳＴＡＲＴといった、遭難時に自動的に船の位置や識別番号を通報する装置は積んであったんでしょうか？」

「よく分からない。船には詳しく……ないから……」

　さっきから言っていることに小さな矛盾がある。だが、葉山は追及しなかった。ＨＵＭＩＮＴは尋問とは違い、対象者から話を引き出し、それを聞くのが仕事だからだ。

「機関の調子が悪かったそうですが、具体的にはどんな不具合が出たんですか」

「俺には詳しいことは……キムはエンジンに付加がかかり過ぎたとか、そんなことを言っていたが、何しろ古い船だったから」

「そうですか」

「どこかに沈んだのか？」

カンは真剣な表情で訊いた。

「そうだと思いますが……だって、遭難したから海に放り出されたんでしょ？」

「ああ……だが、波に流されて船だけが漂着しているということだってある」

「確かにそうですが、いまのところそういった話は聞いていません。あれだけの台風だったんですから、小さくて古い船が耐えられたかどうか……」

「そうか」

カンは目を閉じた。葉山は時計に視線を落とす。そろそろ二十分かと思ったとき、病室のドアが開いて医者と看護士が入って来たので、彼らと入れ違いに葉山は病室を出た。

## 2

聞き取りの続きは医者の許可を得てからでないと出来ないということで、とりあえず葉山はタキに連れられてすぐ近くの小さなホテルにチェックインし、一緒に夕食をとった。海の幸が並ぶ素朴だが実に美味そうな夕食を用意しながら、仲居がタキに向かって「こちらの外人さん、生魚は大丈夫ですか？」と訊いている。タキが笑いを噛み殺すようにして、「大丈夫だよ。彼は納豆も食べられるから」と答えると仲居は驚いていた。

とりあえず夜は何もすることがないので、タキと一緒に美味い魚を食べながら酒を飲み、横田の思い出や気障で厭味な上司の悪口で楽しく時間を過ごした。

翌朝、病院に連絡を入れたら、カンの容体が昨夜から思わしくないので、今日の面会は無理だということだった。病院に行ってもすることがないし、ホテルに籠もっていても仕方ないので、タキに誘われてホテルから歩いて行ける場所にある宍道湖まで散歩がてら出かけた。湖に浮かぶ「嫁ヶ島」という、婚家になじめなかった嫁が、実家のある村に戻る途中で宍道湖に誤って沈み、その翌日に亡霊になって現れたという曰く付きの伝説がある小さな観光スポットで、嫁とは縁のない葉山と嫁と別れたタキという二人が、人並みに写真を撮ったり土産物店を冷やかしたりしていた。特に葉山は対象者に会えなければ仕事にならない。暇潰しに坂下や弟の吾郎や養父の田所に土産でも買って帰ろうかなどと考えていた。

「ところでボスの噂、知ってる?」

土産物を眺めながらタキが小さな声で訊いた。

「エディの?　またどこかの秘書とか人妻とかクラブのママとかですか?」

タキは笑った。

「それはいつものこと。武勇伝じゃなくて異動のことだよ」

一瞬、葉山は土産ではなくタキを見て、そしてすぐにまた視線を元に戻した。

「――そんな噂があるんですか？」

「近いうちに対中と対半島部署が統合されるという話だ。現実的には対半島が吸収される格好だろうな。本国もいま最大の課題は対中と対中東だから、それに合わせて組織をすっきりさせたいんだろう。で、対中のトップにボスが任命されるんじゃないかって噂だ。あれで彼はなかなか優秀だからね」

「じゃあ帰国を？」

「それはどうかな。ボスは現場主義だし、半島と大陸の両方を見渡せて、かつ監視の目がなく自由に動ける東京に本部を置くことを条件にしているって話もちらほら流れてきている。心配しなくても君と彼の腐れ縁は簡単には切れそうにないさ」

タキは面白そうに笑っている。

「心配なんかしてませんが、その統合はやはり韓国の新大統領を見据えてのことですかね」

「それもあるだろうし、あまりに世界中のトラブルをアメリカが一人で抱え込み過ぎているというのもあるんじゃないかな。とにかく、もう半島まで面倒を見る余裕はないのかもしれない」

そんな話をしているとタキの携帯電話が鳴った。彼はそれを持って少し離れた場所で話をしていたが、しばらくして戻って来た。

「僕はこれから日本の警察と入管の関係者と会って、あの男が回復してからの身柄の移送について話し合わなきゃならない。葉山はのんびり観光でもしててくれ。病院から連絡があればすぐに電話するが、おそらく今日はもうないよ」

「そうですか。それじゃついでに教えて欲しいんですけど、あの台風で遭難した船の残骸が漂着するとしたら、どの辺ですかね？」

「難しいことを訊くなぁ。専門じゃないからそんなことまで分からないけど、いま漁業組合が海上保安庁に協力して漂着物の回収をしているそうですよ。そこに行って訊いてみれば？」

「そうします。それじゃ夜に宿で会いましょう」

そこで葉山はタキと別れ、一人見知らぬ土地の散策に向かうことにした。タクシーを拾って、漁業組合まで案内してもらった。そこの事務所にいた男性に、海外放送局の特派員の名刺を渡して「台風の被害の凄さを物語る漂着物の取材をしている」と説明した。

男性の話では、まだ沖はかなり荒れていて船を出せないこともあり、今日は朝から漁港組合の全員が手分けをして海岸線の見回りをしていて、拾い集めたものは全て漁港の古い水揚場に集めてあるということだった。誰もが台風の後始末で忙しいので案内は出来ないが勝手に見てくれと言われたので、葉山は組合の許可をもらって一人で漁港の外れにある水揚場に向かった。

中に入ると驚くほどさまざまなものが、所狭しと置いてあった。ふやけたダンボール箱、木材、タイヤ、何だか分からない金属の欠片、ラジオ、何かの器機の残骸、ハンドル、あらゆる種類の空き缶と瓶、自転車のタイヤ、どう見ても車の一部、割れたガラス、ビニール袋、ブイ、網、レンジ、炊飯器、扇風機の羽根、靴、人形、おもちゃ……無いのは生き物の死骸だけといった感じだ。船体の一部と思われる鉄板や鎖もあったが、さすがにこれがカンが乗っていた船のものかまでは分からない。

空調と巨大な冷凍庫を備えた新しい魚倉庫が出来るまで使われていたという水揚場には、いまだに魚の臭いが残っていた。それが海の潮香と山積みになった漂着物が放つ異臭と混ざり合って、何とも言えない息苦しい空気を生み出していた。

葉山はハンカチで鼻を押さえ、漂着物を漁り始めた。何か一つでもカンが乗っていた船の手懸かりになりそうなものはないだろうかという、そんな軽い気持ちだった。例えばハングルで書かれた日誌の切れ端や無線などの通信機材、最高指導者の写真……そういったものが一つでも見つかれば儲けものだが。

葉山はどこから流れ着いたか分からないガラクタを一つ一つ確かめては脇に置き、

また確かめてはという作業を黙々と繰り返していた。小一時間が経ち、全身は汗でびっしょり、嗅覚も麻痺してしまったのか、ここの汚臭にも何も感じなくなった頃、ガラクタの山の下の方にぐっしょりと濡れてフェルト化したウールを織ったような厚手の袋を見つけた。

袋には何の表示もなく、底の一部は破れている。ほんの好奇心から葉山は袋を引き寄せた。口を硬く縛っている紐にはタグか何かが付いていた痕跡があったが、それらは波にさらわれてしまったようだ。破れた袋の中には、繊維に絡みつくような格好で割れた陶器のような白い破片が幾つか残っていた。

――これは皿の破片かな？　それにしては厚味があるな。

葉山は破片を手に取り、じっくりと眺めた。これといって変わったところはないただの白っぽい、おそらくセラミックの欠片に違いないが、いったいどこから流れて来たのだろうか。袋は波に揉まれてぼろぼろになっていて見る影もないが、おそらくはかなり丈夫で、中のものが割れたり傷付いたりするのを防ぐための特別な仕様だったはずだ。

中身は高価な皿か陶器の置物といった類のものだろうか？　だがそれなら普通は袋に何らかの表示があっても良さそうなものだが。そんなことを考えていたとき、入り口の方から声がした。

「おーい記者さん、これからここのものを廃棄場の車に積むんだけどね。ここは仮置き場だからさ、いつまでも置いておけないんだよ。明日から漁も始まるし……」

「そうですか。お忙しいのに申し訳ありませんでした」

葉山はそう言って急いでその場を離れるために歩き出したが、どういうわけか破片が入っていた袋を元に戻すのも悪い気がして、気付くとそのまま持って出てしまっていた。


漁港を離れたのは、そろそろ陽も落ちようかという時刻だった。ホテルに戻って身体に染み着いた異臭をシャワーで洗い流そうと考えているとタキからメールが届いた。カンの容体が急変して、ついさっき息を引き取ったということだった。

「――何てことだ。ツイてないな」

携帯電話の画面に向かって葉山は思わず呟いた。まだ大事なことはほとんど訊き出せていなかったのに、本人が死んでしまってはどうしようもない。カンの容体を把握出来なかったのは間違いなく医者の責任だが、上司のエディはそうは考えず、まるで葉山に何らかの責任があるかのように遠回しに厭味を言うに決まっている。

タキの話だと、上層部は彼の実績を高く買っているようだが、部下をどんなふうに自分のストレス発散のはけ口として私物化しているかなんて、知る由もないだろう。

長い指で自慢の金髪を梳きながら、失望を隠そうともせずに嬉しそうにことの顚末を聞くエディの顔が目に浮かぶ。

——このまま遠くに逃げてしまいたい。

旅先のささやかな解放感がそんな気持ちにさせるのだろうか。まるで学校に行くのを厭がる小学生のような幼稚で甘えた気持ちがふっと胸に浮かび、葉山はホテルとは逆方向の海岸に向かって歩き出した。

波もだいぶ鎮まってきて、落ち着きを取り戻した水平線がきらきらと輝いている。そろそろ陽が落ち始めた山陰の、人影がまったくない海岸は、太平洋のような鮮やかさこそないものの思いがけないほど清楚で美しかった。

綺麗な砂粒よりも流木や海藻が張り付いた小岩の方が多い、ごつごつとした荒々しい海辺を歩いて行くうちに心が落ち着くのが分かる。ここは基地と軍人に囲まれて育った葉山とは無縁の場所だが、なぜか懐かしい気すらしてくるから不思議なものだ。

水平線に太陽が半分以上姿を隠すと、周辺に灯りがまったくない海岸はすっかり暗がりの中だ。波にさらわれないように陸に向かって歩き出したとき、葉山の目はかなり先にぽつんと佇む人影を捉えた。その瞬間、心臓が一気に高鳴り、自分でも理由の分からない不思議な興奮が全身を突き抜けた。

遠目にもはっきりと分かる長身と均整の取れた身体つき、潮風にされるがままに乱れている肩を覆うほどの長い髪、所在なげに宙を彷徨う片手にあるのは、おそらく煙草だ。銘柄など見えるわけもなく、匂いもここまでは届いていないはずなのに、葉山にははっきりとその全てが見える気がした。

広い海の上で、潮と血の臭いが混ざっていたダンヒルの香を無遠慮に、だが誰も真似出来ぬほど優雅にまき散らしていた男の姿が蘇る。在日米軍という堅固な箱から出たことのない葉山に、その外にある現実と絶望と、そして微かで無鉄砲なロマンを見せつけて、白いうなじに小さな疵を刻んだ男だ。

ゆっくりとシルエットが動き出したとき、葉山はあの影に付いて行きたいという、かつて経験したことがないほどの強い衝動を感じ、それを封じ込めたいがために固く目を閉じた。

# 3

帰京すると、台風の後遺症はまったくないかのように、すっかり東京はいつもの暑くて慌ただしい夏に戻っていた。葉山は横田飛行場のターミナルから同基地内にあるエディのオフィスに直行し、わずか数枚の中身のない報告書を提出した。

「カンとキムが乗っていたのは、間違いなく北朝鮮のＡＧＩだと思います。ただあそこの船はどれもかなり古い漁船を再利用したものばかりですから、機関に異常があって避難が遅れたという話に嘘はないと思います」

「なるほど。それで、具体的に彼らはどんな情報を得ようとしていたんだ？」

「そこまでは無理でした」

タキから今回の状況は報告が入っているのだろう。エディはそれ以上何も言わなかった。それで済ませても良かったのだが、葉山には一つ気になっていたことがあった。

「もしかしたらカンは、船の操舵にも情報収集にも関係ない乗組員だったのかもしれません」

「ほう……」

エディの表情に少し変化があった。頬に添えられていた長い指が、話への関心を示すように小刻みに動いた。「――なぜそう思う？」

「病床で意識がはっきりしていなかったのかもしれませんが、それにしても船についての知識が少ない感じでした。小さな漁船クラスのＡＧＩに乗船しているのは数名ですから、全員が船の操舵に関する知識を持っているか、ある程度教育しているはずです。まだ十代の若い兵士ならともかく、カンの年齢ならベテランのはずです。なのに船の知識がなかったということは、いままでの任務はＡＧＩとは関係ないものだったのではないでしょうか」

「では、なぜそんな人間が乗っていたんだ？」

「分かりません。急に誰かの替わりに乗船したか、あるいは単に移動手段としてたまたま乗り合わせていただけという可能性もあります。もしくは操縦や情報収集とは全然違う任務を負っていたのかも」

「そうかもしれない。だが、いまとなっては調べようがないな」

エディは小さく一つ息を吐いた。

「他の乗り組員の死体は上がったんでしょうか？」

「台風後に打ち上げられた遺体は複数あったが、どれも全て身許は判明したそうだ。サーファーや波にさらわれた地元の者ばかりで、北朝鮮とは関係なかった」

「そうですか」

「仮に遺体が上がっても、海水に浸かっていた日数とこの暑さでは損傷が激しく、そこから何か出てくる可能性は低いだろうな」

エディの言う通りだ。この暑さで海水の温度は上昇しているし、いまだにどこにも打ち上げられていないのなら魚の餌になったと考えるのが普通だ。

「タキも君も無駄足だったか。カンが死んだのでは仕方がないな」

エディはそう言って微かに微笑んだ。

「それじゃ、失礼します」

葉山が部屋を出ようとしたとき、エディの声が引き留めた。

「タカシ」

「何ですか？」

「他に報告すること、言い忘れたことはないか？」

「これで全部です」

葉山はそう言って、エディのオフィスを後にした。


高田馬場にある自宅に戻り、荷物から松江や出雲空港で買ったお土産を出しているうちに、旅行バッグの底に固く結んだコンビニエンスストアのビニール袋があることに気が付いた。漁港で見つけた漂着物を捨てる気になれず、せっかくだから記念にと荷物の一番下に入れていたのだ。それを取り出して、洗面所に持って行って開けた。そのとたんふっと潮の匂いが広がり、葉山はあの夕暮れの海岸でのことを思い出した。

結局、目を開けたときにはすでにあの男の姿はなく、葉山も付近を捜そうとはしなかった。見つけてしまえば、本当に付いて行ってしまいそうで怖かったのかもしれない。エディに報告しなかったのは、自信がなかったからだ。もしかしたら人違いかもしれない、あるいは日本海の夕暮れが見せた幻だったのかもしれない。決して隠す気はなかったんだと、葉山は誰に何を言われたわけでもないのに自分に言い聞かせていた。

気を紛らわすようにまだ湿ったままの袋に絡みついていたセラミックの破片を取り出し、綺麗に洗って改めて眺めた。やはり何の変哲もない欠片だが、これはこれで味があると思い、部屋にある唯一のインテリアと言ってもいい観葉植物の鉢の根元に飾られている白い石ころと一緒に並べて置いた。

しばらくして坂下から電話があり、葉山のたった一人の血縁者である弟の吾郎が勤める新宿二丁目のゲイバーで待ち合わせることになった。葉山は欠片を取り出した空の袋を洗面所のゴミ箱に捨てると、身支度を調えてから二人への土産を持って部屋を出た。

結局その夜は珍しく深酒をして、いつ家に戻ったのかも良く憶えていなかった。それでも朝目が覚めたときはちゃんと自分の部屋のベッドの中だった。机の上に鍵や財布や腕時計が置いてあったので、坂下が連れて帰ってくれたのだろう。姿が見えないところを見ると、朝早くに横須賀に戻ったに違いない。

二日酔いで頭が痛かった。葉山はキッチンに行き、冷蔵庫を開けてミネラルウォーターを出した。冷たい水を飲んでからバスルームに行きシャワーを浴びた。幾分すっきりとして洗面所の鏡の前に立ったとき、どことなくわずかな違和感がふっと頭を過ぎった。それはすぐに消えたが、葉山は濡れた髪と顔のまま、ゆっくりと振り返って洗面所や開け放したドアの向こうの部屋を見渡してみた。

　今度はさっきよりもはっきりと何かを感じた。だが、いくら見てもその正体が何なのか分からない。多少室内のものの位置が変わっていたり冷蔵庫の中のものが減っていても、しょっちゅう坂下が出入りしているのだから何ら不思議はないし、いままでこんな感覚に襲われることはなかった。なぜ今日に限ってこんな気持ちになるのだろうか。

　葉山はタオルで顔を拭きながら慎重に、しかし、じっくりと部屋の中を、それから自分の周りを観察した。そのとき、足許にあった小さなゴミ箱に目がいった。何一つ入っておらず空っぽだった。

　葉山は昨日のことを思い出した。確かにこのゴミ箱にはゴミが入っていた。まさか坂下が部屋のゴミまで回収してくれるわけがない。いや、もし何かの事情で回収したなら全部集めるはずだ。他のところのゴミはそのままで、洗面所のゴミだけを回収するわけがない。ここに何を捨てたっけ……そう考えたとき、葉山ははっと気が付いた。漂着物集積場から持って帰ったあの袋だ。昨日、新宿に出かける前に捨てた袋が消えていた。

　その日の夜、『極東ジャーナル』の編集部で一人残業をしていた葉山の元にＪＤから電話があった。

「どうだった？」

葉山は真っ先に訊いた。

「一応、〝クリーニング班〟が全部調べたが、異常はなかった。盗聴器も見つからなかったし、鍵や窓の周りにも誰かが留守中に忍び込んだと思えるような形跡はない。お前の気のせいじゃないのか？　だいぶ酔ってたって言うから、きっと夜にしたことを全部忘れちまったんだろ。俺もたまにあるぜ、そういうこと」

他人事だと思って気楽なものだ。

「夜にしたことは忘れても、ゴミ箱に何が捨ててあったかは憶えてる。坂下はそんなものに気付きもしなかったと言ってたから、間違いなく誰かが持ち去ったんだ」

「何のために？」

「分からない」

電話の向こうからＪＤの呆れたような大きなため息が聞こえた。

「言いにくいんだが、この件はもうエディの耳には入ってる。クリーニング班を動かしたからには内緒にしておくことは出来ないからな。あいつの機嫌が悪くなる前にさっさと謝っとけよ」

なぜ僕が？　何も悪いことはしてないはずだが……葉山はそう言いかけて止めた。

誰が悪いかが問題なのではなく、起きたことを上司がどう判断するかが全てだ。ＪＤのアドヴァイスこそが、いまのところ最も現実的で最優先すべき事項と認めるしかなかった。

夜八時、葉山は編集部を出て、エディに会うために六本木に向かった。エディは在日米軍横田基地勤務の制服軍人ながら米国大使館付き武官という身分も有している。そのため横田と六本木を行ったり来たりという生活を送っているのだが、華やかで節度のない六本木は横田よりも彼の性分にぴったり合うらしく、勝手気ままなシングル・ライフを満喫していた。その辺の日本人よりもずっと流行に詳しく、行きつけの店も時代の先端を行く洒落たところばかりだ。

今夜も東京タワーの夜景をバックに、女性を口説くにはもってこいといった感じのフレンチ・レストランの窓際のテーブル席で、葉山は場違いな居心地の悪さだけを噛みしめていた。

「昨日わたしは、報告し忘れたことはないかと訊いたはずだが……」

皮肉たっぷりにエディが切り出した。覚悟していたとはいえ、いつにも増してにこやかなのが逆に恐ろしい。

「報告は本当にあれで全部です」

「それならなぜ、君に悪い虫が付いたんだ。部屋から盗まれたゴミというのは何だったんだ？」

「漂着物置き場で見つけたもので、ぼろぼろの、おそらくウールで出来た袋でした。中に陶器の欠片が入っていて……」

「陶器の欠片？　それも盗まれたのか？」

「いえ、それは無事でした。ちょっと見ただけでは分からないところに置いてあったものですから、おそらく気が付かなかったんでしょう」

葉山はバッグから小さな紙袋を出して、それをそっとエディの方に押しやった。中には観葉植物の鉢の石に混ぜてあった例のセラミックのような白い欠片が入れてある。エディはそれを引き寄せると、中から欠片を一つ取り出した。手に取ってしばらく眺めていたが、やがて葉山の顔をじっと見つめた。

「漂着物はたくさんあっただろうに、なぜこれだけを持ち帰ろうと思った？」

なぜだろうか？　葉山は改めてあのときの自分の気持ちを思い出してみた。

「最初はまったくの偶然だったんです。カンが乗っていた船の残骸らしきものが何か一つでも打ち上げられていないかと思って、漂着物の山を漁っていました。ちょうどこれを見つけたときに漁港の人が来て、その人の目があったのでつい返しそびれてしまっただけです。倉庫を出てから他の場所でゴミ箱に捨てればいいか、くらいの気持ちでいたんですが、ただそれを東京まで持ち帰ってしまったのは……」

「理由があったんだろう。君としてみれば、簡単にそれを捨てて帰れないような何かが……」

　声は優しいが眼差しは鋭く、葉山の心の奥底まで見通そうとしているような厳しい目つきだった。

「山陰の思い出にと思って……」

　緊張からなのか、さっきから葉山はテーブルの下で小さな拳を握ったり開いたりしていた。あのことを言うべきなのかと迷ったが、「タカシ」という気味悪いほどの優し過ぎる声がとどめを刺した。どう足掻いたところでエディに嘘を吐き通せるほどの度胸は自分にはない。葉山は腹を括った。

「――実は、海岸で彼らしい人影を見つけたんです。それで……」

「彼って？」

「サーシャ」

　葉山はついにその名を口にし、すぐに探るようにエディの顔色を窺ったが、これといった変化はなかった。

「本人だったのか？」

「確かめたわけではないので分かりません」

なぜ確かめてみようとしなかったのか。そう訊かれたらどう答えればいいのかと思ったが、エディはその質問はしなかった。

「あの男と見間違えられる者などそうはいないだろうし、まして君があの男を見間違えるはずもない。つまり君は彼の姿を見かけて、あっちもあの遭難に興味を持っているか、あるいはカンやキムと関係あるのではないかという考えが頭に浮かんだ。それで偶然からとはいえ自分の手にあった漂着物を捨てるのが躊躇されて、東京まで持ち帰ってしまった——そんなところか。あるいは君の山陰の思い出は、実は彼の思い出ということかな?」

穏やかな笑顔だが、心に突き刺さる言葉を容赦なく浴びせてくる。葉山はテーブルの下の手の動きが、さっきよりも速くなっていくのを感じていた。おそらくエディはそれに気が付いたのだろう。手にしていた白い欠片をテーブルに置くと、テーブルの下の手を出せと言わんばかりに、葉山のグラスにワインを注いだ。

「タカシ、優秀な情報屋ほど脆くて危ういものはない。もっと対象者を知りたい、理解したいと思うほどに、深く細かく際限なく相手にのめり込んでいくからだ。考えてみれば、無理もない話だ。わたしも君もそういう環境で教育を受けたんだからな。情報部署の時計はいつも対象国の時間に合わせてあって、カレンダーもその国のものを使う。休みを取るのは母国ではなく、情報量が一気に減る対象国の休日だ。あっちの国の本を読み、流行歌を聴き、スポーツを観る。戦いに勝つための研究分析対象のはずが、気が付けばいつの間にか相手の良さや魅力が理解出来るようになり、知らず知らずのうちに相手の言い分にも一理あると思うようになる。その挙げ句に、いつしか母国の在り方に疑問を持つようになる」

エディの言葉は一つ一つが深く葉山の心に突き刺さった。

「だがそれは、仕事熱心な軍のアナリストなら誰でも一度は絶対にする経験だ。それがなければ相手を真に理解し、その上を行くことは出来ないのだから。君だけじゃない。わたしも数多くのアナリストが退職するときに『仕事を辞めたら対象国に旅行に行きたい。あれだけ調べ尽くして研究した国への思いは、もはや愛と変わらない。人生をかけて愛した国がどんなところか自分の目で見てみたい』と言うのを何度も聞いた。それは決して恥ずべきことではなく、一つの対象に打ち込んだアナリストの宿命と言っていい」

いまさら言われるまでもなく、そういう話は葉山も何度も聞かされてきた。エディがそれとなく何を言おうとしているのかも想像がつく。

「しかし……」

エディはゆっくりと言葉を句切り、それから碧い目で葉山を見つめた。「惹かれるのは構わないが、決して溺れるな」

「溺れる？」

「そうだ、溺れたら終わりだ。気が付いたときに何とかして岸に辿り着こうとするが、辿り着く先は必ず我々の対岸だ。——そういう連中が大勢いるのは知っているはずだ」

誰のことを言っているのかすぐに分かった。つい最近、ＣＩＡのシステム分析官だった元局員が、ＮＳＡ（アメリカ国家安全保障局）による個人情報収集の手口を告発し、見事に飼い主を裏切るという事件があったばかりだ。本人は現在は事実上のロシアへの亡命状態にある。

こうした事件は初めてではなく、数年おきに必ずと言っていいほど起きている。そしてそれは、おそらく防ぎようがない情報機関の宿命なのだ。だが、会ったこともないそんな男のことよりも、葉山の心にずっと刺さり続けている小さな棘は、自分の身近にそういう人間がいたかもしれないという疑いだった。

「僕の父は……」

溺れたんですか——そう訊こうとしたとき、エディが先回りをして禁断の言葉を封じ込めた。

「タカシ、わたしは君が溺れていくのを黙って見ている気はない。——そのことを絶対に忘れるな」

# 4

結局あの白い破片は全部エディの手に渡り、それっきり終わりとなった。葉山の身辺に特に不審な影もなく、誰もあの件にはまったく触れず、唯一タキから、いくら外交ルートを通じて問い合わせても返答がなく、カンとキムの遺体の引き取り先が見つからないために松江で荼毘に付されたという連絡があった。

間違いなく遭難したはずのＡＧＩに関する情報もまったくなく、まるで最初からそんな船は存在しなかったかのようだ。カンとキムと名乗った二人の人間の遺体は、突然海から沸いて出たかのように、誰にも見送られずに無縁仏としてこの世を去ったのだろう。そのことが逆に、彼らは兵士であり、特別な任務に携わっていたに違いないという疑惑を濃くしていった。本当にただの漁民だったら、おそらく北朝鮮は身許を照会したはずだが、それを確かめる術はどこにもなかった。

その日葉山は、あれほど釘を刺されたにも関わらず、どうしても確かめたいことがあって銀座のギャラリー『ミューズ』の洗練されたステンドグラスのドアを押した。店にいた若く垢抜けたオーナーに在日米軍関係者であることを示す自分の名刺を出すと、オーナーは特に驚いた様子もなく、それどころか好奇心に満ちた物珍しそうな目で葉山を見つめた。

このギャラリーが、潤沢な資金と豊富な人脈を背景にいまや東アジアの情報関係者の誰もが大物と認めるロビイストとなった〝サーシャ〟が、あちこちに抱えているマネーロンダリング用の事業の一つであることは、情報関係者の間では周知の事実だった。日本政府内にも確実に太いパイプと人脈を持っている彼は、いまのところ疎まれるよりも珍重されていると言った方が正しく、このギャラリーも繁盛しているようだ。

どこの情報機関もこういう有能な人間を欲しがっているのは事実だし、またそれを良く知っているサーシャは、表と裏の顔を上手に使いこなしているともっぱらの評判だった。

「オーナーに会いたいんだけど連絡を取ってもらえないかな」

「オーナーは目の前にいますけど」

青年は涼しげな笑顔を浮かべた。

「じゃあ〝君のオーナー〟と言い直そう。サーシャに『極東ジャーナルの葉山が来た』と伝えて欲しい」

「伝えるも何も、こっちから連絡を取る方法なんてありませんよ。彼は気紛れで自分勝手で我が儘だから、気が向いたときにここに顔を出すだけだしね」

オーナーはいささか不満そうに言ったが、その言葉が全て本当だと思うほど葉山も純真ではなかった。

「だったら顔を出したときでいいから伝えてくれないか。頼んだよ」

それだけ言って葉山はギャラリーを出た。


四日後。

夜の七時過ぎ、仕事を終えて『間宮ビル』を出た葉山の前に一台の車が行く手を遮るように急停車した。危ない真似をするなと思って運転席を覗き込むと、日焼けした剝き出しの腕に鮮やかなタトゥーを入れた見知らぬ若い男がハンドルを握っていた。彼は開いている窓から葉山に向かって「乗って」と声をかけた。

「僕？」

「そう、あんた」

「ナンパなら他でしてくれるかい？」

「あんたをナンパしたがってるのは俺じゃない、他の奴。あんたの方から会いたいって言ったんじゃないの？」

その言葉を聞いて、葉山はすぐに助手席に乗り込んだ。車は時間をかけて渋滞の都内を抜け、湾岸道路に入るとやっとスピードを上げ始めた。運転手の男はその間ずっとカーオーディオから流れる音楽に合わせて身体を揺らしたり鼻歌を口ずさんだりと楽しそうに自分の世界に浸っていて、葉山の問いかけにはいっさい答えなかった。

夏の夜に相応しくあらゆるカラーでライトアップされたベイブリッジが見えてくると、車は速度を落として近くの高級ホテルの正面玄関へと向かって行った。そこで車を止めると、男はすぐに運転席を降りた。走って助手席側に来るとゆっくりとドアを開け、案内係のボーイのように丁寧にお辞儀をした。

「どうぞ」

「何号室?」

「最上階のスイート」

それだけ聞けば充分だった。葉山はホテルに入り観光客で賑わう豪華なフロントを抜けてエレベーターホールに向かった。

金のかかったスタイリッシュな内装の最上階の部屋で待っていたのは、予想通りサーシャだった。

情報屋として工作員として、そしてロビイストとして成功した、いまは無きソ連の落とし子に相応しく、他にない存在感と艶やかさは時間を経ても健在だ。中東の王族が愛用する上質の生地で仕立てたカンドゥーラのような服装が艶のある長い黒髪に憎らしいほど似合っている。

「久しぶりだな」

サーシャは穏やかな声で言い、葉山もまた押し寄せてくる懐かしさに自分でも驚くほどだった。あの夏の洋上で、この男が葉山に刻み込んだのはうなじの疵だけではなく、アナリストとしてのささやかな意地と言ってもよい何かだった。

「元気そうですね。あちこちで活躍は耳にしてたので、そうだろうとは思っていたけど」

たったそれだけの言葉を言うのにも、葉山はやっとの気がした。

「わたしに会いたいと聞いたが」

「実は教えて欲しいことがあって」

面白そうに、サーシャはちょっと首を傾げた。それもかつて見たことがある懐かしい仕草だった。

「なぜわたしに？」

「僕の周りの人間は、誰一人僕には真実を教えてくれないもので」

「あのときと同じようにか」

サーシャの言葉に、葉山の胸にあの夏の日、碧い海に浮かぶ古い貨物船で味わった屈辱が鮮やかに蘇ってきた。確かにあのときも誰も葉山に真実を教えてはくれなかった。自分はあのときからまるで変わっていない。この男は大きく変わっているというのに。

「なぜ松江にいたんですか？　あんたが北朝鮮と無関係じゃないのは充分知っているが、継続的な関係が続いているとは思えない。それどころか、ここ数年は距離を置いているはずだ。それに遭難した北朝鮮のＡＧＩは小さくて、おそらく旧式の機材しか積んでいないようなオンボロ船だった。遭難したからといって、あんたほどの大物が関心を持ってわざわざ松江にまで足を運ぶほどのものじゃないはずだ。だがあんたは間違いなく、あのときあの海岸に立っていた。――なぜ？」

「なぜだと思う？」

「カンに会うためだったんじゃないんですか？　あんたは僕と同じようにカンに会って、そして僕が知らない何かを訊き出そうとしていたのかもしれない。だけど、あのときすでにカンの容体は悪化していて会えなかった」

「それで？」

「何を訊こうとしてたんですか？」

サーシャが答えなかったので、葉山は質問を変えた。

「僕の部屋に盗みに入ったのは誰ですか？」

「おそらく北に依頼された連中だろう。君が米軍の関係者だということは、カンの周辺を張っていた者にはすぐに分かったはずだ。だからその君が漂着物を漁った挙げ句に松江から何を持ち帰ったのかが、気になってしょうがなかったんだろう。そして君の部屋に忍び込み、あれが入っていたと思われる袋を見つけた。しかし肝心の中身は見当たらない。おそらく中身は潮に流されてしまい、君が持ち帰ったのは袋だけ。そして袋に価値がないと思った君はそれをゴミ箱に捨てていた。だからある意味少し安心して、とりあえずゴミ箱にあった袋だけを持ち去った――おそらくそんなところだろうと思う。あれっきり、君の周りには誰も付きまとってはいないのだろう？」

「いまのところは」

「おそらく彼らは、大事なものは全部海に沈んでしまい、幸いなことに関係していた人間は全員死んでしまったと安堵しているんだろう」

サーシャの説明はただ一点を除いては理に適っていた。

「中に入っていたあの白い陶器のようなものはいったい何ですか？」

葉山がそう訊くと、一瞬サーシャの表情が変わった。

「ということは、君は中身も一緒に持って帰っていたのか」

「中身と言っても、割れた皿の欠片みたいなものだけですけど」

「それはどうした？」

少し間を置き、葉山は正直に答えた。

「上司に」

「つまりもうアメリカの手に渡ったということだな」

「渡るとマズいものだったんですか？」

「彼らにとっては」

「何ですか、あれは」

「君が見つけたのは、おそらく耐酸性タイルが割れたものだ」

「耐酸性タイル？」

「アナリストなら聞いたことぐらいあるだろう。化学工場の内部に使用する特殊なタイルのことを」

「もしかしたら、生物化学兵器を製造する工場に使われてるというあれのこと？」

サーシャがにやりと笑った。それを見て、やっと葉山にも事情が呑み込めた。

北朝鮮が核と生物化学兵器の製造技術を他国へ輸出して外貨を獲得しているというのは、もうずっと以前から指摘されている問題の一つだった。

大戦後、世界中のトラブルに首を突っ込み続けてきたアメリカにとって、いま一番頭の痛い問題はイスラエルを抱える中東と中国だ。正直に言ってしまえば、その二つの前では半島のことなど些細な問題でしかないが、かと言って放置しておけば彼らは外貨欲しさに中東の火にまで油を注ぎ込む。

「もしも北朝鮮が本当にシリアの生物化学兵器開発に協力していると言うなら、アメリカはそれを水際で阻止すればいい。いや、声高に人道云々と言う気ならば、被害が出る前に食い止めようとするのが人の道だ。だがアメリカは絶対にそれはしない。実際に中東の戦闘でシリアの政府軍によって生物化学兵器が使われたと言い張れる状況が起きるのを心待ちにしているんだ。プレスに流せる悲惨で残酷な被害者の写真が撮れるまでじっと待っているというわけだ。そして、その写真が世界に流れたら、間を置かずにこう言うつもりだろう。『これがアメリカがシリアに介入する最大の理由だ』とね。——違うか？」

おそらくサーシャは間違ったことは言っていない。アメリカに必要なのは、国際社会に非難されずに堂々とシリアを叩ける大義名分であって、そのためになら水際で北朝鮮の密輸出を阻止しようという気などまったくないのかもしれない。

もしかしたらもっと遥か上のホワイトハウスの連中は、とうの昔に北のＡＧＩが密輸出に関与していることを把握していたのかもしれないが、具体的な手を打つ気はなかったとしたら……。いまやアメリカが世界の平和を守っていると信じている連中は、アメリカ以外にはいなくなろうとしている。アメリカに必要なのは、正義軍であり続けるための大義名分だ。

そして、近いうちに新設されるかもしれない部署のトップを約束されているエディは、誰よりもその辺の事情をよく分かっている。おそらく、あの破片の分析はとっくに終わっているはずだ。だがあれが耐酸性タイルの破片だと分かっても、葉山には一言だって告げないだろう。

北朝鮮がシリアの化学兵器製造を支援、または協力しているという証拠を摑むことは、アメリカにとってまさに中東への介入を正当化する切り札——正真正銘のWild Cardというわけだ。いまアメリカはせっせとその証拠を集めながら、じっとそのときが来るのを待っているのかもしれない。

自分がほんの軽い気持ちで持ち帰って来たあの小さな白い欠片が、そんな意味を持っていたとは……。

葉山は全身の力が抜けていくような気がした。極東の島国の末端にいるアナリストなどには、どうすることも出来ない巨大な現実が目の前にあった。

「満足したか？」

サーシャの問いかけに、葉山は小さく頷いた。彼は微笑み、テーブルに置いてあった二つのグラスに金色のシャンパンを注ぐと、何を思ったか部屋を出て行った。すぐに戻って来たが、そのとき彼の両腕には顔が見えぬほどの大きくて真っ白なカサブランカの花束が抱かれていた。

サーシャはそれを葉山に差し出した。

美しいとしか表現しようのない大輪の、しかもいったい何輪あるのかと思うほどだたくさんの、魅入られてしまうほど純白のカサブランカだった。どの花も大きく開き、真っ白な花弁の中央には、生々しいほど赤い花粉を湛えた雄しべに囲まれた膨らんだ雌しべがあって、そのいずれからも溢れ出た蜜が雫のように垂れ落ち、そこから放たれる目眩がしそうなほど強烈な甘過ぎる匂いが、容赦なく葉山を包み込んだ。

気が遠くなるほどの強い香の中からサーシャの声がした。

「再会を祝して、ロシア式の挨拶で」

サーシャは葉山を力強く抱擁し、そしてまさにかつてのソ連の輝かしい歴史を彩ったレオニード・ブレジネフが、ユーリ・アンドロポフが、ボリス・エリツィンが、そして現在のロシアの指導者が同士との結束を確かめ合うときにしたのと同じように、しっかりと強く頬を合わせてキスをした。

どこまでも精悍で男臭くありながら、それでいて繊細に刻まれた彫刻のような唇が、我を見失うほど強烈な百合の芳香の中で何を伝えようとしているのか、葉山にははっきりと分かった。

この男は、自分は決してお前達《アメリカ》の側には立たないと言っている。これからアメリカは世界中の傍観者の前で孤独な戦いを続けながら、かつてはこの花びらのように白かったはずの世界を赤い血で染めていくだろう。自分はそれに手を貸す気はないと。

そして……。

お前はいつまでその箱の中で守られているつもりなんだ。その箱を出て、わたしがいる場所まで来てみないか――と。強過ぎるカサブランカの香に悪酔いした胸に、裏切りをそそのかす危険な囁きが忍び込もうとしているのが分かった。

＊

【数ヶ月後――外信より　ニュース速報】
アメリカが、シリアへの空爆を開始

米国国防総省は、東部時間の三十一日午後九時に緊急の記者会見を行い、シリア・アサド政権の「化学兵器施設」に対する局所攻撃を命じたと発表しました。首都ダマスカス郊外東グータ・ドゥーマに対してで、国連による再三の警告にも拘わらず、シリア政府軍が化学兵器を使用したと疑われている攻撃への報復と見られています。国防総省の関係筋は「その作戦はすでに開始されている」と述べました。現地からの報告によると、ダマスカスの他西部ホムス近郊の施設が標的になった可能性があります。

これを受けて米国大統領はホワイトハウスで会見し、アサド政権の「化学兵器使用能力に関連する標的」への局所攻撃を命じたと述べました。さらに、「シリア政権が禁止されている化学物質の開発と使用を止めるまで、我々はこの対応を持続する用意がある」と強調し、あくまでもこの攻撃の目的は「化学兵器の製造・拡散・使用に対して強力な抑止力を確立すること」だと説明した上で、強い調子でアサド政権を糾弾し、同時にそれを容認し化学兵器の開発に資金や技術を提供しているとしてロシアと北朝鮮を強く非難しました。

＊

文庫版書き下し掌篇

Special use, Your tools

上司の一人である野口麻子からの突然の電話で新宿署に行けと命じられ、タイミング良く訪ねて来た坂下冬樹に作りかけの夕食を任せて家を出たのは四時間近くも前のことだった。普段使わない気を遣って疲れ切った葉山隆が部屋に帰って来たとき、ドアを開けた瞬間にトマトソースのいい香りが鼻をくすぐり、それまですっかり忘れていた空腹を思い出させてくれた。

出かける前に葉山が作っていたのは確か「海の幸の恵み　地中海のペスカトーレ」というインスタント食品の箱裏に書かれていた「作り方3」まで。そこから先は坂下が作ったに違いない。

「腹が減った」

葉山はそう言いながら、リビングのテレビでアメリカン・フットボールの試合中継を見ていた坂下を見た。

「もうない」

と素っ気ない返事。それでも葉山が狭いキッチンに行ってフライパンの蓋を取ると、まだ少しだが暖かな湯気を放ったペスカトーレが残っていた。それを皿に取り、冷蔵庫から出した缶ビールを持ってリビングに戻った。ラグの上に腰を下ろし、自分も一緒に試合を見ながら食べようとした葉山は、坂下が凭れかかっているソファーの上に、透明なビニール袋に入ったミリタリー・メスプレートとカトラリー・セットがあることに気付いた。すぐさまそれを引き寄せ、そしておもちゃを見つけた子供のようにいそいそと引っ張り出した。まったく使用感のない新しいメスプレートとカトラリーだ。

「これ、貰ってきてくれたんだな」

葉山は嬉しくて思わず声を弾ませた。メスプレートは一つのプレートに複数のくぼみを付けて主食から副菜、デザートまでを一つの皿に盛り付けられるようにした軍隊の定番食器で、これにより艦に積む食器類を圧倒的に減らすことが出来る。カトラリーも市販のスプーンやフォークに比べると柄は短く、食材に触れる部分は大きく深く、そしてバラバラにならないように繋げられる工夫がされている。葉山は少し前に横須賀基地の士官食堂で使われ始めた米海軍が採用を決めたばかりの新型メスプレートがすっかり気に入り、あれが欲しいと坂下に頼んでいたのだ。

「補給に知り合いがいるんで、そいつに頼んでおいたんだ」

「ありがとう。欲しかったんだよ、これ」

葉山はまるでスイス製のアーミー・ナイフのようにかっちりと折りたたまれたカトラリー・セットを手に取り、スプーンやフォークを出したり引っ込めたりしながら顔を綻ばせた。こんな小さなものの中にも、計算し尽くされた軍隊の機能美が凝縮されている。メスプレートも驚くほど軽量なのにこれまでのものより遥かに丈夫だという話だ。

「いくらだった？」

「無料」

「どうして？」

「処分するものだから」

意外な一言だった。

「まだ新品に見えるけど、何か問題でもあるの？　まさかヒビがあって使えないとか……」

「使う分には問題ない。単なる気持ちの問題だ。先日横須賀に入港した空母がキッチンギャレーの食器類を緊急入れ替えした。それで、古い分は欲しい奴が持って行ってもいいぞってことになったらしい」

「こんな新しいのを総入れ替えした理由は何？」

「食器洗浄係が懲罰を受けたから」

坂下は何でもないことのようにごく普通に言った。それを聞いた葉山の頭に厭な予感がふつふつと頭をもたげてくるが、それでも一応、お約束の質問をしてみた。

「その洗浄係、どうして懲罰を受けたんだ？」

「メスプレートとカトラリーを自慰行為に使った容疑」

「またか……」

葉山は呆れて大きく一つ息を吐いた。フェンスの中で軍人に囲まれて育った葉山にとっては、こういう話は子供のころからそれとなく、しかし何度となく耳に入ってきていた笑い話の一つでしかないが、世間に向かってはとても公表出来ることではない。海軍の恥さらしになる。「艦隊の連中は、その無駄に豊かな想像力をもっと別の有益なことに使えないのかな」

「使えねぇ連中が多いから、この手の懲罰が後を絶たないんだろうが」

「最低だ、お前たちは」

葉山は呆れと若干の軽蔑を籠めて呟いた。

「一緒にするな」

坂下が憮然として反論したが、葉山にはどう見ても一緒にしか思えなかった。

「違うのか？」

「当たり前だ。俺はまだメスプレートもカトラリーもマスをかくのに使ったことはない。それにだ……」

坂下はそこまで言ってから、どこまでも男臭く獣のように鋭い目つきで意味ありげに葉山を見た。「どうせ使うなら、相手がいるときに使いたい。普段と違ったことが出来るからな」

——こいつら、やっぱり最低だ。

心の中で葉山はそう毒づき、たっぷりのトマトソースで赤く染まったフォークを口に運んだ。漁師が余った海の幸を煮込んだことが由来とされるそのソースが口の周りを赤く染め、ねっとりとした濃い油が唇に残る。

それにしてもメスプレートとカトラリー……艦隊の連中、これをどうやって使うんだろうか。そんなはしたない想像が頭を過っていることがバレたのかは分からないが、坂下の指先が葉山の唇のトマトソースを乱暴に拭った。

「いま想像したろう?」

と訊かれ、葉山は正直に「うん」と頷いた。

「だけど僕の貧相な想像力じゃぜんぜん分からない。こんな物、どう使うんだろう。だいたい傷がつくんじゃないのか?」

坂下はトマトソースの付いた指を舐めながら馬鹿にしたように笑った。

「呆れるほど貧相な想像力だな。それでも情報分析官か」

「悪かったな」

葉山は皿の上にあった大ぶりな海老の尻尾を握った。二人分の夕食のために買ってきた海老は二匹、ちゃんと一匹は坂下が残してくれたようだ。「僕は分析が仕事だ。それも人の話を聞くだけ。だいたいお前等軍人こそみんな変態じゃないか。いつもおかしな真似ばかりして……この間だってどっかの二等軍曹が降格処分を食らっていたじゃないか。確かあれは……」

「Cookie dough。乗り組み員のデザート用のクッキー生地でマスをかいた」

「最低」

葉山はそう言って海老を口に入れた。柔らかで、それでいて白い身のうちには濃厚な魚介のソースの味が染み込んでいる。こう見えても優しくて料理上手の母親のいる家庭で育った坂下は葉山よりもずっと料理が美味く、その上「出来ないことはない」がモットーの海軍で教育を受けたのだから、家庭で必要なことは何でもこなせる。「そんなクッキー食わされる方はたまったもんじゃないな……」

「だが、それならお前の貧相な想像力でも分かるだろう」

「まあね。メスプレートほどの難問じゃない」

海老の尻尾を口から出して皿の脇に置き、葉山はフォークでリング状のイカを掬う。おもむろに坂下が身を乗り出すようにしてテーブルに置いてあったパンを取り、一かけ千切って葉山が食べていたペスカトーレの皿に浸して旨味が凝縮したスープを付けて口に放り込んだ。そして何か重大な秘密でも打ち明けるようかのように耳許でもったいぶった小声で言った。

「まずメスプレートにお湯を入れて人肌に暖める」

「それから？」

男なら誰しもが気になるその先への好奇心には勝てず、イカを載せたフォークを持ったまますぐさま葉山は訊いた。坂下は勝ち誇ったように笑い、そしてテーブルの上に置いてあったメスプレートを手に持つと胡座をかくように座っていた葉山の両足の間にそれを押しつけて小さな声で言った。「続きはやってみれば分かる。どんなものを使ってもヤれる、出来ないことはない。——それが海軍《the navy》だ」

本書は、二〇一八年四月から五月、電子書籍にて個人出版した「Ａｎａｌｙｓｔ　ｉｎ　ｔｈｅ　Ｂｏｘ１」を改題したものを文庫化しました。

本作品はフィクションであり、実在の個人・団体などとは一切関係がありません。

文芸社文庫

# 星条旗の憂鬱　情報分析官・葉山隆

二〇一八年十二月十五日　初版第一刷発行

著　者　五條　瑛
発行者　瓜谷綱延
発行所　株式会社　文芸社
〒一六〇-〇〇二二
東京都新宿区新宿一-一〇-一
電話　〇三-五三六九-三〇六〇（代表）
〇三-五三六九-二二九九（販売）

印刷所　図書印刷株式会社

装幀者　三村淳


ISBN978-4-286-20468-0